बायोग्राफी

SERIES - 1

मंदीप सिंह स्क्रिप्ट किंग

Copyright © Mandeep Singh Scrit King
All Rights Reserved.

This book has been self-published with all reasonable efforts taken to make the material error-free by the author. No part of this book shall be used, reproduced in any manner whatsoever without written permission from the author, except in the case of brief quotations embodied in critical articles and reviews.

The Author of this book is solely responsible and liable for its content including but not limited to the views, representations, descriptions, statements, information, opinions and references ["Content"]. The Content of this book shall not constitute or be construed or deemed to reflect the opinion or expression of the Publisher or Editor. Neither the Publisher nor Editor endorse or approve the Content of this book or guarantee the reliability, accuracy or completeness of the Content published herein and do not make any representations or warranties of any kind, express or implied, including but not limited to the implied warranties of merchantability, fitness for a particular purpose. The Publisher and Editor shall not be liable whatsoever for any errors, omissions, whether such errors or omissions result from negligence, accident, or any other cause or claims for loss or damages of any kind, including without limitation, indirect or consequential loss or damage arising out of use, inability to use, or about the reliability, accuracy or sufficiency of the information contained in this book.

Made with ♥ on the Notion Press Platform
www.notionpress.com

का सुक्रगुजार हूँ जिन्हों ने ये प्लेटफोर्म बनाया राइटर अपनी बुक खुद पब्लिश कर सकते हैं

दिल में जनून हो तारों को , गिनने का फिर तो आसमान भी निचे हो जाता है| तब तक नहीं बनता कोई फनकार जब दिल का दर्द नहीं गाता है

क्रम-सूची

प्रस्तावना   vii

भूमिका   ix

पावती (स्वीकृति)   xi

आमुख   xv

    1. अध्याय 1   1

प्रस्तावना

मैं ये किताब को बड़ी मुश्किल से पब्लिश कर पाया हूँ , मैं सोचता था इसे
पूरा करूं पर अफ़सोस मैं इसे पूरा नहीं कर पाया , लेकिन अब आप इसे
अपने हाथों में लेकर बैठे है , इसे ध्यान से पढकर अपने मन के अंदर
देखो की हम अपनी लाइफ के बारे में क्या सोचते हैं
ये रजिस्टर स्क्रिप्ट है इससे कोई भी छेड़ – छाड़ ना करें , नहीं तो
आपको जुरमाना हो सकता है

भूमिका

हमारे दिमाग की सबसे बेकार आदत , जब हम किसी बुरी आदत का तियाग कर रहे होतें हैं , उस वक्त हमें हमारा दिमाग ,बुरी आदत छोड़ने के नुकसान बार – बार दिखाएगा और , उस वक्त हमें दिमाग को कुछ वक्त के लिए , बंद कर देना हैं , और अपनीं अंतर आत्मा की बात सुनो , यकीनन आपके अंदर से आवाज आएगी , की आप सही चल रहे हैं

इससे आगे आपको एक कहानी में लेकर जाता हूँ , ये कहानी हैं , राजस्थान की रहने वाली निर्मता की , ये बिना सोचे अपना घर छोड़ कर , घर से निकल जाती है , कुछ बड़ा करने के लिए , बाकी आप इस कहानी को पढ़ें गे तो आपको पता चलेगा की कहानी बताने का क्या मतलब है

पावती (स्वीकृति)

mandeep singh script king

पावती (स्वीकृति)

आमुख

1 .scene \ evening\ rajasthan \ रेत के टीले [नर्सरी] \ 3 :00 PM

[21]निर्मता [22] आकाश [20] जग्गू

जंगल में दोपहर का वक्त है ,इधर –उधर बड़े – बड़े रेत के टीले हैं बकरियां चर रही है , निर्मता बैठी किताब पढ़ रही है , आकाश थोड़ी दूर बकरियां घेर रहा है ,एक जग्गू नाम का लड़का निर्मता की तरफ आ रहा है ,निर्मता किताब पढ़ रही है ,जग्गू पास आया निर्मता के हाथ से किताब छिनकर कर बोला सारा दिन एक ही काम, कभी ,छोड़ दिया करो इसे ,,

जग्गू थोडा साइड पे बैठा हाथ में किताब , निर्मता को बहुत गुस्सा आया ,निर्मता की आँखे लाल कोयले की तरह , और पागलों की तरह जग्गू पर टूट पड़ी ,जग्गू को पैरों से पकड़ कर निचे घसीट रही है , फिर छोड़ कर मुक्के मारने लगी ,जग्गू को तो समझ में नहीं आ रहा की इसे रोकूँ कैसे , फिर छुडवा कर भागने लगता है , निर्मता के हाथ में कफ आई और जोर से खींचने के कारण , बाजू से शर्ट फट गई , जग्गू भाग गया , निर्मता भी पीछे भागती है , आकाश को पता चला वो आगे से आ रहा है , इतने में निर्मता , जग्गू को कोलर से पकड़ लेती है ,जोर से पीछे खींचती है जग्गू के तो वहीं पे लेदर जाम हो गए , निर्मता सामने करके एक मुक्का जोर से मुंह पर मार देती है , दांत निकलकर निचे गिर गया , इतने में आकाश निर्मता के सामने आ गया

आकाश निर्मता को रोकता हूया निर्मता रुको ......,,

निर्मता उसे मार रही है , आकाश सामने आकर फिर रोकने लगा ,आकाश के पेट में लग गई , आकाश अपने पेट में हाथ देकर बैठ गया , निर्मता देखती है और जल्दी आकाश के पास गई

आकाश के पास बैठ गई डरी हुई कहीं आकाश के जादा तो नहीं लगी, आकाश का चेहरा दर्द से लाल हो गया

निर्मता बहुत डरी हुई आकाश सर को अपनी गोद में लेकर –“ आकाश क्या हो गया,, जग्गू अपने मुंह पर हाथ देकर खड़ा हो गया

आकाश जग्गू की तरफ देखकर , दर्द की आवाज में-"

अरे क्या बैंगन देख रहा है भागजा ,या चार आदमियों के कंधे पर ,,

निर्मता फिर उसके तरफ देखती है ,जग्गू नें पीछे भी नहीं देखा ,भाग गया

enter cut

आकाश के पेट में चोट लगी ,आकाश दर्द महसूस कर रहा ,निर्मता का चेहरा बिलकुल शांत और बूझ गया

निर्मता पछतावा करती हूई –"आकाश उस लंडू की वजह से हो गया

आकाश धरती पे ही लेट गया , निर्मता बिलकुल घबरा गई

आकाश दर्द की आवाज में –"पानी लायो ,,

निर्मता सुनते ही भाग गई , निर्मता तेजी से जा रही है , enter cut

आकाश भी धीरे –धीरे उठकर बैठ गया ,

enter cut

निर्मता अपने घोड़े को आवाज लगाती है , घोडा यनी गधा - गधा आ रहा है , निर्मता भी सामने जा रही है , गधे के ऊपर पानी की बोतल है वो उतारी और जल्दी , वापस चल पड़ी

देखती है आकाश की तरफ

आकाश बैठा है , निर्मता की तरफ देखता है , निर्मता पास आ गई , और जल्दी बोतल खोल दी

आकाश धीरे से बोतल पकड़ता है और पानी पी लिया

निर्मता बोली –"अब ठीक हो ना , कहाँ लग गई ,,

आकाश बोतल निचे रख कर बोला –" क्या बताऊँ , जहाँ लगी है बता भी नहीं सकता , आज मार दिया था तूने ,,

निर्मता –" आज के बाद नहीं होगा , उस लंडू ने किताब छीन ली थी ,,

आकाश-" फिर क्या हो गया उसने कोई कत्ल थोड़ी कर दिया था ,,

निर्मता –" मैंने उसे कई बार रोका था लेकिन वो हमेशा ऐसा ही करता है , आज मुझे गुस्सा तो पहले ही था , इसने और तेज कर दिया ,,

आकाश –" इतना भी क्या गुस्सा , मारना था क्या उसे और मुझे भी मार दिया था , बिलकुल पागल बन गई थी ,,

निर्मता –" जब मुझे कोई किताब पढ़ते वक्त परेशान करता है तो मुझसे कंट्रोल नहीं होता ,,

आकाश –" चलो तुम घेरा दो , फिर गाँव चलते हैं , मेरा दिल सा घबरा रहा है ,,

निर्मता मुस्कुराती हुई –" हे भगवान मैं तो डर गई थी , पता नहीं कहाँ लग गई ,,

आकाश –" वो तो मैं जानता हूँ कहाँ लगी है , कोई और होता तो मर जाता ,,

निर्मता –" ये जग्गू को तो मैं देखूंगी ,,

आकाश –" अरे अब दुबारा क्या देखोगी , जैसे बाज की तरह उसे झपटा है , वो अपने गाँव चला जाएगा ,,

गाँव की गली शांम का वक्त है , जग्गू गली से रहा हैं हालत बिलकुल खराब है कपड़े फटे है सर में रेत , अहमद सामने से आ रहा था देखकर बोला-"अरे कपड़े कहाँ से फाड़ लिए ,सर में भी रेत ,,

जग्गू शर्माता है और चल रहा है , अहमद फिर आवाज देता है –" क्या हुआ बोल क्यों नहीं रहे किसि से पीटकर आये हो क्या ,,

जग्गू गुस्से में पीछे देखकर बोला –" निर्मता पागल हो गई ,बिना वजह मारा मुझे ,,

अहमद जोर से हस कर –" क्या ... लड़की से पिटकर आये हो ,,

जग्गू –" अरे उसे तुम लडकी कहते हो ,,

अहमद –" मेरे तो समझ नहीं आ रहा , वो इसे तो नहीं पीटती , जरुर तुमने कोई कुचरनी की है ,,

जग्गू आगे चला गया , अहमद देख रहा है ,और फिर आवाज देता है –" अच्छा हुआ तूं बचके आ गया ,नहीं गाडी में डालकर लाना पड़ता , कहाँ पंगा लिया है ,,

इधर निर्मता , आकाश दोनों , भेड़ों के पिच्छे आ रहे , निर्मता अपनी कमर के साथ किताब बाँध कर रखती है , और दोनों गाँव की तरफ जा रहे हैं

आकाश बोला –“ निर्मता तुंम हर किसी से पंगा ले लेती हो , एसे थोड़ी , होता है ,,

निर्मता –“ मैंने उसके साथ थोड़ी ,पंगा लिया ,,

आकाश –“ फिर भी तुम्हें समझना चाहिए ,,

निर्मता भेड़ो के डंडा मारके ,बोली –“ छोडो अब ,मैं तुम्हें एक बात बतानें वाली थी ,,

आकाश –“ हाँ तुम सुबह भी कहते –कहते रुक गई थी ,,

निर्मता –“ मैंने तुमसे कभी कुछ नहीं माँगा , लेकिन आज मुझे मदत की जरूरत है ,,

आकाश –“ मैं तो पुरी उम्र तुम्हारी मदत करना चाहता था , वो तुंम नहीं मानी ,,

निर्मता –“ नहीं हमें अगर शादी करनी है तो इज्जत से जीना है , वो शादी जो शान से जीना भी हराम हो जाए ,,

आकाश –“ अगर माँ शादी के लिए मान जाती तो , मैं तुम्हें खूब पढाई करवाके नौकरी लगवा देता ,,

निर्मता –“ तेरी माँ ने हमें भूख नंगे बताया है ,अब मुझे कुछ भी करना पड़े , मैं एसी बायोग्राफी बनाऊँगी , तेरी माँ के समझ से बाहर करदुंगी ,,

आकाश –“ तुम बोल रही हो मैं किताब के अनुसार चलूंगी , तुम खुद ही बताती हो किताबी जिन्दगी नहीं होती ,,

निर्मता –“ मैं किताब के अनुसार चलके देखना चाहती हूँ , मैं सुबह चार बजे निकल रहीं , अगर मेरी मदत करना चाहते हो तो ,मुझे बीकानेर ट्रेन तक मेरे साथ चले जाना फिर चाहे वापस आ जाना ,,

आकाश –“ तुम मानने वाली तो नहीं हो , पर अगर कुछ दिन रुक जाती तो , शायत माँ मान जाती ,,

निर्मता –“ आकाश मझे सुबह जाना ,मैं अपने आप को बोल चुकी हूँ , और मैंने जो बोल दिया वो होता ही है ,,

आकाश –“ वो तो मैं जानता हूँ , पर पुरी रात पड़ी है सोचने के लिए शोच लेना ,,

निर्मता –" अगर आग में कूदकर , मौत आती तो सोचने वाला दिमाग निकाल कर फेंक देना चाहिए , क्यों की मरने बाद हम नए सिरे से शुरवात कर सकते हैं ,,

आकाश –" माँ की बात पे जिद कर रही हो , वो तो बोलती रहती है ,,

निर्मता धीरे –धीरे –" तेरी माँ ने बोल दिया हम भिखारी हैं ,तेरी माँ कभी ,कपड़े या हमे आटा देखर गई थी ,हम अपनी कम कर खाते हैं ,और अब मैं उसे आमिर बनके दिखाऊँगी , एसी आमिर बनूंगी ,हमारे घर की दीवारों से उसकी शक्ल नजर आएगी ,,

आकाश –" तुम्हारी मर्जी , कुछ भी कहों , मैं आ जाऊंगा ,,

रात का वक्त निर्मता नहा कर अपने कमरे में गये , और एक शीशे के आगे रुक गई , निर्मता कभी भी अपने बाल नहीं खोलती थी , लेकिन आज अपने बालो को खुल्ला छोड़ कर अपनी खूबसूरती को देखती है , कुछ देर अपने बालों में कंगी करती है , इतने में निर्मता की ,माँ अंदर आई

निर्मता की माँ देखती है और बोली –" तेरे पापा नहीं आए आज ,,

निर्मता अपनी माँ की तरफ देखती है –" पापा शहर गयें हैं आज तो वो सुबह हमें वहां छोडकर चले गये थे ,,

माँ –" आजकल तुम्हें क्या हो गया , शीशे के आगे कुछ जादा वक्त लगाने लगी हो ,,

निर्मता मुस्कुराकर –" माँ अगर मैं मर जाऊं तो दुखी मत होना , दुसरा जन्म लेकर मैं तुम्हें सुखी कर दूंगी ,,

माँ –" कैसी पागलों जैसी बातें कर रही हो ,,

निर्मता –" माँ मुझे भी ऐसा लग रहा है , मैं पागल हो गई हूँ ,,

निर्मता का रविया देख कर माँ सोचती है –" क्या हो गया है इस छोरी को ,,

माँ –" नराज हो क्या हम से ,,

निर्मता –" नहीं मैं क्यों नराज हूँ ,,

माँ -" कोई बात नहीं , आज तो मुझे टाइम नहीं मिला , कल तेरे लिए मैं कपड़े खरीद करे लाऊँगी ,,

माँ चली गई , जाती माँ को देखकर निर्मता की आँखे भर आई

निर्मता अपने मन में सोचती है –“ माँ आज के बाद तेरे हाथ के दिलाए कपड़े मेरे नसीब नहीं है ,,

इधर आकाश का घर , बहुत शानदार है , घर में फोर्चुन्र खड़ी है , एक ट्रेकर है , , आकाश अपनी भाभी रानी के पास आकर बैठ गया , रानी कुछ नहीं बोली

आकाश देखकर बोला –“ क्या हुआ भाभी चुप क्यों हो आज ,,

रानी –“ आज तुम पूरा दिन भूखे ही रहे ,,

आकाश झूठ ही बोल देता है –“ खाई थी नी ,,

रानी –“ कहाँ से खाई तेरा भाई तो , आज शहर चला गया था ,,

आकाश –“ आज निर्मता से खाली थी ,,

रानी –“ आज फिर ,,

आकाश –“ माँ जी से बात की आपने ,,

रानी –“ हाँ मैंने बहुत कोशिश की , पर माँ नहीं मानी ,,

आकाश -“ अगर नहीं मान रही तो बोल देना , आज के बाद मैं भेड़ चराने नहीं जाऊंगा , मैं अब यहाँ रहता ही नहीं ,,

रानी –“ ना बेटा घर से मत जाना , मैं तुम्हारे सहारे ही जी रहीं हूँ ,,

आकाश कुछ देर अपनी भाभी माँ की तरफ देखता है , फिर बोला –“ माँ मैं आपसे कुछ नहीं छुपाता पर ,मैं आपको पूरा तो नहीं बता सकता , इतना बता देता हूँ , शांम को घर जरूर आ जाऊंगा ,,

रानी –“ ठीक फिर अब नहा कर खाना खा लो ,,

आकाश नहाने गया ,

इधर निर्मता के घर में , निर्मता की छोटी बहन , शानू , अपनी माँ से थाली में खाना लेकर , अपने दादी के कमरे में जा रही है , शानू कमरे गई , दादी थाली पकडती है , निर्मता का पिता राजेन्द्र भी बैठा है

राजेन्द्र बोला –“ निर्मता ने रोटी खा ली क्या ,,

शानू बोली –“ दीदी तो किताब ही पढ़ रही है , खाना वापस भेज दिया ,,

राजेन्द्र खड़ा हुआ , और बोला –“ ये लडकी भी ना , चलो तुम खाना लायो ,,

राजेंदर निर्मता के कमरे की तरफ चल पड़ा , और निर्मता के कमरे में गया , सामने निर्मता अपने बैग में , किताब और कपड़े डाल रही है |

राजेन्द्र देखकर बोला –" बेटी रोटी नहीं खाई ,,

निर्मता अपने पिता की तरफ देखकर –"आज के बाद मैं भूखा रहना सिख रही हूँ ,,

राजेन्द्र –"क्या हो गया तुम्हें , जितना कह रही हो उतना आसान नहीं ,,

निर्मता –" मरने से मुश्किल नहीं ,,

राजेंदर –" बेटी तुंम समझने की कोशिश करो , कहाँ रहोगी , कहाँ खाओगी ,,

निर्मता –"ऊपर वाला बच्चा पैदा होने पहले उसके दूध दे सकता है , मैं तो कमाना जानती हूँ ,,

राजेंदर –" ठीक है जो करना है करो , पर खाना तो खायो ,,

निर्मता –" मुझे भूख नहीं ,,

राजेन्द्र –"अरे अब तो मैंने बोल दिया जायो ,,

निर्मता दुखी होकर –" पापा मैं आज ही आपके घर की रोटी छोड़ रही हूँ , कल आपका घर त्याग दूंगी ,,

राजेन्द्र आपनी बेटी को कसके अपनी छाती से लगा कर बोला –" ये फैसला भी तुमारा है , मैंने तो नहीं बोला ,,

निर्मता –" एक दिन तो छोड़ना पड़ता है , आज कुछ करने के लिए छोड़ रही हूँ ,,

इतने में शानू खाना लेकर आ गई ,

राजेन्द्र –" लो अब खाना खायो ,,

निर्मता –"रख दो मैं बाद में खा लुंगी ,,

शानू थाली रख कर चली गई ,

राजेन्द्र -" बैठो अब खाना खायो ,,

निर्मता –" पापा मैं घर सर जा रही हूँ , ये सिर्फ आप को ही पता होनी चाहिए ,कोई दिन ऐसा आएगा , आप इस दिन को याद करोगे , मैंने अपनी बेटी को घर से भेजा था ,,

राजेन्द्र –“ बेटा मैं भी चाहता हूँ, तुंम कुछ कर जायो , पर कोई ऐसा काम मत करना जिसकी वजह से तेरे पिता को निचा देखना पड़े ,,

निर्मता –“ पापा आपको अपनी बेटी पर भरोसा नहीं हैं ,,

राजेन्द्र धीरे से हाँ के इशारे में सर हिलाता है

निर्मता –“ ठीक है , सुबह चार बजे , बड़े पास मुझे आखरी बार मिल लेना ,,

इधर आकाश के घर में आकाश के कमरे में मोबाईल पर अलार्म बजता है ,आकाश उठकर बैठ गया टाइम देखता है तिन बज कर तीस मिनट हुए हैं , आकाश पास पड़े पानी को उठाता है और बाहर जाकर अपने मुंह पर पानी के छींटे मारता है

इधर सुबह के चार बजने वाले हैं निर्मता अपने कमरे में अपने पैरों में बूट पहन रही है ,और आँखों से पानी टपक रहा है , रात का खाना भी थाली में उसी तरह पड़ा है |

इधर राजेन्द्र भी बार – बार अपनी घड़ी देख रहा है ,

निर्मता अपने कमरे से बाहर निकली , मुंह पर कपड़ा है ,और अपने घर के दरवाजे से बाहर हो गई , देखती हैं , गली में कोई नहीं दिख रहा ,बिलकुल अँधेरा है , निर्मता को भरोसा है , आकाश जरुर आएगा , इतने राजेन्द्र भी आ गया , निर्मता पीछे देखती , राजेन्द्र देखता गली में कोई आ रहा , इतने आकाश पास आ गया

राजेन्द्र आकाश की तरफ देखकर निर्मता की तरफ देखता है और बोला –“ बेटी ये तुंम ठीक नहीं कर रहे ,,

निर्मता –“ आप गलत समझ रहे हैं ,ये सिर्फ बीकानेर तक ही जायेगा , पापा आप सोचिये आगर आपकी बेटी इतनी गिरी हुई होती , तो आपको बताकर कभी नहीं जाती ,,

राजेन्द्र आकाश की तरफ देखता है , आकाश की गर्दन झुक गई

निर्मता बोली –“ पापा मुझे अश्रीवाद दो मैं ,सफल होकर , नहीं तो मरी समझना ,,

राजेन्द्र बोला –“ क्यों ... ऐसी बातें मत करो ,जो करना चाहो करो पर एक बात का ध्यान रखना , अगर कोई मुश्किल आये तो भगवान को मत कहना , मेरी मुश्किल बड़ी है , मुश्किल को कहना , मेरे भगवान

तुमसे बड़े हैं ,,

निर्मता –“ आज की बात , माँ दादी तक भी नहीं पहुंचनी चाहिए ,,

राजेन्द्र , अपनी जेब से हजार रूपये निकाल कर बोला –“ लो बेटा , अगर मैं अमीर होता तो और देता ,,

निर्मता पकड़ कर एक दंम मुंह घुमा कर चल पड़ी , आकाश भी चल पड़ा , दोनों जा रहें हैं , निर्मता के आँखों के निचे बंधा कपड़ा , थोडा –थोडा भीग गया

बस स्टेंड पर एक सीट पर बैठे हैं , दिन भी निकल गया ,

निर्मता आकाश की तरफ देख कर बोली –“ जब से आये हो मॉन व्रत रखा है क्या ,,

आकश –“ नहीं वैसे ही ,,

निर्मता-“ सुबह तुम बिलकुल टाइम पर आ गये , मेरा भरोसा टूटने नहीं दिया ,,

आकाश निर्मता की तरफ देखता है

आकाश सिंगल अपने गाँव से आ रही रोड की तरफ देखकर बोला –“ आज बस लेट हो गई , कोई गाँव से ना आ जाए ,,

निर्मता –“ मैं भी यही सोच रही थी , कहीं तेरी माँ पीछे ना आ जाए ,,

आकश –“ यही तो ,,

इतना कहने की देर थी , लिंक रोड पर एक गाडी आ रही है , दोनों डर गए , एक जल्दी खड़े होकर एक दुसरे से दूर –दूर , निर्मता वापस बैठ गई , निर्मता नें तो मुंह बांध रखा था , आकाश दूर जा रहा है , गाडी करीब आ रही , दोनों के दिल धक – धक कर रहे हैं , बिलकुल डरे कहीं कोई गाँव से तो नहीं , गाडी मैंन रोड पर चढ़ गई , और चली गई , दोनों एक दुसरे के करीब आये ,

निर्मता के पास बैठ गया और फिर एक बाइक लिंक रोड़ पर आ रही है ,

आकाश –“ बाइक फिर आ रही है , ये बस पता नहीं कब आएगी ,,

दोनों मैंन रोड़ की तरफ बस की तरफ देख रहें हैं , उधर बाइक भी करीब आ रही है , आकाश फिर निर्मता से दूर चला गया , बाइक रुक गई

, और बाइक पर एक लड़का और एक चालीस वर्ष का बजुर्ग है , उतर गया , और लड़का उसी वक्त आपनी बाइक घुमाता है और , चला गया , बजुर्ग निर्मता के पास बैठ गया ,इतने में बस भी आ गई , तीनों जल्दी बस पर चढ़ गये और सीट पर बैठ गया

आकाश बैठते ही बोला –"आज आप लेट हो गये ,,

कंडकटर बोला –" भाई बस तो टाइम पर ही आई है ,आप ही पहले आ गये ,,

आकाश , निर्मता एक दुसरे की तरफ देखते हैं

इधर निर्मता के घर में निर्मता की माँ झाड़ू लगा रही है राजेन्द्र घर से बाहर बाड़े के पास किसी से बातें कर रहा है, निर्मता की माँ निर्मता के कमरे की तरफ देखती है और सोचती है –" निर्मता तो अपने पापा से भी ,पहले उठ जाती है ,आज इसे क्या हो गया ,, कमरे में गई और देखती रात का खाना भी पड़ा है , माँ को शक हो गया

माँ बाहर देखती है , राजेन्द्र भी किसी से बातें कर रहा है निर्मता वहां भी नजर नहीं आई , फिर टॉयलेट का दरवाजा ठोकती है दरवाजा भी खुल गया , फिर दादी के कमरे की तरफ गई , अंदर जाकर घबराहट में बोली –" माँ जी निर्मता घर में नहीं हैं ,पता नहीं कहाँ चली गई , दादी चारपाई से उतरी ,और अपनी लाठी पकड़ कर राजेन्द्र की और , गेट से मुंह बाहर करके निर्मता की दादी बोली –" राजू निर्मता तुम्हें बता के गई है क्या ,,

राजेन्द्र –" अंदर ही होगी कहाँ जाएगी वो ,,

दादी –" तुम इधर आओ ,,

राजेन्द्र आदमियों को बोला –" ठीक बाकी कल करेंगे , आप पियो चाय पानी ,,

आदमी –"तुम नहीं पिलायोगे ,,

अब राजेन्द्र मजबूर सा होकर बोला –" अरे क्यों नहीं आयो ,,

दोनों आदमी भी राजेन्द्र के पीछे ही चले गये ,कुछ ही देर में बात आग की तरह फैल गई , की निर्मता घर में नहीं हैं , और उधर आकाश भी घर नहीं हैं

इधर आकाश का पिता दयाल , भाभी रानी , भाई अमर , और आकाश की माँ , सभी बैठे हैं

आकाश की माँ गुस्से में अमर को –“ फोन मिला के नहीं छोरे का , मुझे पक्का पता है , अगर राजेन्द्र की छोकरी भी घर नहीं है तो वो ही ले गई छोरे को फांस के , चलो अभी राजेन्द्र के घर चार आदमी लेकर ,,

इधर , आकाश की माँ और अमर , दयाल , और कुछ आदमी लेकर राजेन्द्र के घर आ गये

आकाश की माँ बोलती हुई आ रही है –“ अरे क्यों जन्मी थी इस कलमुंही को , मेरे बेटे को भी ले गई ,,

कुछ आदमी बैठ गये कुछ खड़े हैं राजेन्द्र के सामने वाली चारपाई पे दयाल बैठ गया , अमर और अमर की माँ खड़े हैं , निर्मता के घर में महानतम सा छा गया |

आकाश की माँ राजेन्द्र को बोली –“ अब चुप क्यों हो ये सब तेरा ही किया धरा है , छोरी को खुल छोड़ रखा है ,

अमर धीरे से बोला –“ माँ आप शांत हो जायो , एक बार ! ये कुछ बोल रहें हैं क्या ,,

आकाश की माँ –“ इनको तो बोलने के लाइक छोड़ा ही नहीं बदचलन ने ,,

राजेन्द्र को गुस्सा आ गया , गुस्से में बोला –“ मेरी बेटी को बूरा भला कहने की कोई जरूरत नहीं हैं , मेरी बेटी कहीं भी जाए , पहले अपने बेटे का पता करो ,,

आकाश की माँ –“ अब क्या पता करना है , दोनों गायब हैं तो दिख ही रहा हैं ,,

दयाल आकाश की माँ को बोला –“ हम चले जाते हैं तुम ही बात करलो , दो मिनट चुप नहीं रह सकती ,,

दयाल अम्र को बोला –“ अरे फिर लगा ले नंबर ऊसका , क्या पता लग जाए ,,

अमर फिर नंबर लगाता है ,नंबर लग गया

बस में आकाश के जेब में फोन बजता है , आकाश मोबाईल उठाता है –“ हेल्लो ...,,

अमर –“ कहाँ है ,,

आकाश –“ मेरा कोई दोस्त बीमार था , गंगानगर जा रहा हूँ ,,

अमर –“ बता कर नहीं जा सकते थे ,,

आकाश –“ सुबह जल्दी निकल गया इस , आप फोन कर लेते ,,

अमर –“ लगा नहीं , चलो छोडो , घर कब आयोगे ,,

आकाश –“ शांम को आ जाऊंगा ,,

अमर –“ तुम्हें कोई बात का पता चला ,,

आकाश –“ नहीं ..,,

अमर –“ राजू जी की बेटी निर्मता सुबह से मिल नहीं रही ,,

आकाश निर्मता की तरफ देखता है |

आकाश –“ क्या , मैं अभी वापस आऊँ क्या ,,

अमर-“ नहीं हंम देख लेंगे , तुम शांम को आ जाना ,,

आकाश –“ भैया कुछ भी करो ,तलाश तो करो ,,

इतने में अमर फोन काट देता है

अमर बोला –“ आकाश तो गंगानगर जा रहा है , शाम को घर आ जाएगा ,,

आकाश की माँ उसी वक्त शर्मिंदा होकर , बाहर चली गई

दयाल जी –“ राजू जी हमारी गलत फैमि तो दूर हो गई है , पर सोचने वाली बात है , निर्मता अकेली जा कहाँ सकती है ,,

अमर –“ आप क्यों चिंता करते हो हंम अभी जाकर पता करते हैं ,,

राजेन्द्र –“ नहीं अमर , वो मुझसे नराज होकर गई है , या तो , भूया के पास या अपनी नानी के पास जाएगी ,,

दयाल जी –“ तो आपने पहले क्यों नहीं बताया ,,

राजेन्द्र –“ जब आकाश के बारे में सूना तो मेरा दिमाग खराब हो गया था , अब आपको चाय पानी पीना है तो पीओ ,वो

मेरे घर का मामला है , मैं संभाल लूँगा ,,

सभी धीरे – धीरे खड़े होकर ,बाहर निकल गए ,बाहर निकलते वक्त बोला –“ पहले फोन लग जाता तो , इनके घर तो नहीं आना पड़ता ,,

दयाल चलते वक्त –“निर्मता गई कहाँ सोचने वाली बात है , वो समझदार लड़की थी हमारे हाथों में पली है ,वो कोई गलत कदम नहीं उठा सकती ,,

अमर –"जिस हिसाब से राजेन्द्र जी बातें कर रहे हैं जरुर घर में कोई झगड़ा हुआ होगा ,,

दयाल –"और वो अपने रिश्ते दार के पास चली गई ,,

सब चल रहे हैं

दयाल जी बोला –"चलो कहीं भी जाए जब उसका पिता ही नहीं कुछ कर रहा ,,

निर्मता के घर में राजेन्द्र बैठा है हाथ में लकड़ी का टुकड़ा सोच में डूबा है , निर्मता की दादी आकर बोली –"राजू निर्मता का पता करो बैठते से कुछ नहीं होगा ,,

राजेन्द्र –" माँ मेरी बेटी जहाँ भी है सही है ,,

सब चुप है

राजेन्द्र –" और दुबारा इस घर में निर्मता की बात भी मत करना ,,

शानू राजेन्द्र को रोटी बाँध कर देती है , राजेन्द्र पकड कर चल पड़ा

इधर बीकानेर बस स्टेंड में निर्मता और आकश बस से उतरे

निर्मता चारों और देखती है , कोई जाती बस के पीछे भाग रहा है कोई कंडकटर

सीटी मार रहा है , कोई अपने फोन में देखता हुआ किसी से टकराता है , कोई चिप्स खाता हुआ चल रहा है , कोई पकोड़े खरीद रहा है , कोई कोई टिकट ले रहा है ,

आकश निर्मता चल रहे हैं

आकश निर्मता की तरफ देखकर बोला –" बैग मुझे दो ,,

निर्मता ने बैग दिया , दोनों आगे चल रहे हैं , इतने में एक लड़का मोबाइल में देखता हुआ निर्मता से टकरा गया निर्मता एक बार तो देखती है

निर्मता लड़के के थप्पड़ ठोक देती और बोली –" आगे देख के चल ,इसमें में क्या ,भी टपकता है ,,

आकाश निर्मता की तरफ देखता है , लड़का भी अपने मुंह पर हाथ रखता है

लड़का अपना मुंह मसलता हुआ –"तुंम लड़की हो ,,

आकश –" तुम्हें क्या दिख रही है ,,

लड़का –" इनके थप्पड़ ने तो मेरे दिमाग के दरवाजे हिला दिए,,

निर्मता –" तू जाता है के नहीं ,,

लड़का चला गया

आकश –" निर्मता कुछ खाओगी ,,

निर्मता –" नहीं मुझे जल्दी रेलगाड़ी के पास पहुंचा दो और तुम चले जायो ,जादा देर मेरे पास रुकोगे तो मेरा , मनोबल कम होगा ,,

आकश –" चलो –" फिर टेक्सी लेते हैं ,,

दोनों चल पड़े

निर्मता –" आज में पहली बार बीकानेर आई हूँ ,,

आकश –" मैं तो कई बार आया हूँ उन बेचने ,,

निर्मता इधर –उधर देखकर –" मुझे बाथरूम जाना हैं , कहाँ है ,,

आकश निर्मता की तरफ देखता है , निर्मता मुस्कुराती है

आकश –" आयो मेरे साथ आयो ,,

आकश निर्मता को शोचालय के सामने ले गया

आकाश बोला –" वो सामने औरत की फोटो लगी है ना ,उसमे चली जायो ,,

निर्मता –" मैं अनपढ़ नहीं हूँ , वहां लिखा भी है महिला ,,

निर्मता मुस्कुरा कर चली गई , आकाश बाहर खड़ा , इन्तजार कर रहा है निर्मता आ गई ,और दोनों टेक्सी में बैठ कर रेलवे गए

निर्मता और आकाश स्टेशन पर पहुंच गये , निर्मता लंबी गाडी देखती है , निर्मता ट्रेन देखकर बहुत खुश है |

निर्मता –" नाम सूना था , आज देख भी ली , ट्रेन इतनी लंबी होती है , ये देखने के लिए , घर से निकलना पड़ता है ,,

आकाश –" ये तो है दुनियां देखने के लिए आजकल , निकलना नहीं भी पड़ता ,मोबाइल में सब कुछ देख सकते हैं ,,

निर्मता –" ऐसे तो मैंने भी किताबों में बहुत कुछ पढ़ा है पर देखा नहीं ,,

आकाश –" चलो पहले टिकट लेते हैं ,,

निर्मता और आकाश तिक्त ले रहे हैं

आकश टाइम पूछ रहा है –" कितने बजे आएगी गाडी ,,

साहब का जबाब –“ एक घंटे बाद सीधा दादर जायेगी ,,

आकाश –“ नहीं हमें मुंबई जाना हैं ,,

साहब –“ अरे हाँ वहीं जाएगी ,,

दोनों वहां से चल पड़े ,और प्लेटफोर्म पर आये आकश पुल पर चढने लगा ,दोनों ऊपर चले गये , निर्मता ऊपर देखती बहुत सारी ट्रेन देखती हैं

निर्मता बोली –“ रुको आकाश मुझे डिब्बे गिनने दो ,,

आकश –“ निचे जाकर गिन लेना गाड़ी कहीं नहीं जायेगी ,,

निचे जा रहे हैं

और आकश ट्रेन में चढ़ गया ,निर्मता खड़ी इधर- उधर देख रही है , और निर्मता भी चढ़ गई

आकश निर्मता को समझाता है –“ ऊपर बैग रखने के लिए , और ये ऊपर वाली सीट सोने के लिए है ,,

निर्मता –“ वो तो ठीक हैं ट्रेन खाली क्यों है ,,

आकाश –“ देखना कुछ ही देर में फुल हो जाएगी ,,

दोनों बैठ गये ,

आकाश –“ निर्मता आज एक बात तो मेरी मान लो ,,

निर्मता –“ एक बात क्यों कोई भी हो मैं मना थोड़ी करूंगी ,,

आकाश –“ तुंम चाय तो नहीं पीती आज मेरे साथ एक कप पियो ना ,,

निर्मता बड़े प्यार से आकाश की तरफ देखती है ,और बोली ये कोई पूछने वाली बात है क्या जल्दी लायो ,,

आकाश बाहर देखता है सामने ही चाय वाला है, आकाश उसके पास गया दो चाय और बिस्कुट लाया

निर्मता जाते आकाश की तरफ प्यार से देखती है

इधर आकाश के घर में आकाश की भाभी , सोच में डूबी , चूले में धुयाँ हो रहा है , अमर , बाहर से अंदर आंगन में आया रानी की तरफ देखता है

अमरआवाज देता है –“ रानी ..,,

रानी चुप – चाप बैठी सोच में डूबी है

अमर पास आया , और बोला –“ रानी क्या हो गया तुझे ,,

रानी एक दंम ऊपर देख कर बोली –“ आकाश का कुछ पता चला क्या ,,

अमर –“ अरे कहीं नहीं गया तेरा आकाश , शाम को घर आ जाएगा ,,

रानी –“ सच बोल रहे हो ना ,,

अमर –“ जब तुम इस तरह करती हो ना , तो मुझे शक होने लगता है ,,

रानी –“ क्या ,,

अमर-“ मुझे लगता है, मेरे साथ तेरी शादी नहीं हूई ,,

रानी –“ तुंम बातें मत बनायो , अपना मोबाईल दो ,,

अमर मोबाइल दीवार पर रख देता है , रानी अमर की तरफ देखकर मुस्कुराती है |

अमर बोला –“ सारा दिन उसकी चिंता मत किया करो , वो अब बच्चा नहीं हैं ,,

रानीं –“ मेरे लिए तो बच्चा ही है , जब यहाँ आई थी तो , तुंम तो महीना – महीना घर नहीं आते थे , वो छोटे से मुंह से भाभी – भाभी करता मेरा दिल लगा रहता था ,,

अमर मुस्कुराता है और चला गया

इधर आकाश भी निर्मता के पास दो कप चाय लेकर आ गया

और एक कप बड़े प्यार से निर्मता पकड़ती है , आकाश अपना कप सीट पर रख देता है ,और बोला –“ चाय पीते – पीते मेरी बात सुन सुनो ,,

निर्मता –“ बोलो ..,,

आकाश –“ जहाँ भी जाना होगा ट्रेन पर लिखा होगा ,,

निर्मता बोली –“ अगर तेरी माँ मान जाती तो , मुझे कुछ भी पूछने की जरूरत नहीं होती , तुंम मेरे साथ ही रहते ,,

आकाश अपनी जेब से मोबाईल निकालता और निर्मता की सामने करके बोला –“ लो हमेशा तेरे साथ रहेगा ये , निचे जाकर रिचार्ज करवा दूंगा , ये मुझसे बात करने के लिए , जब मैं फोन ले लूंगा तो बात करूँगा ,,

निर्मता मोबाइल पकड कर बोली –" आकाश मैं तुम्हें , हमेशा याद करूँगी ,,

आकाश –" तुम मुझे याद करो मेरे लिए इतना ही काफी है ,,

आकाश कई बातें समझाता है , निर्मता प्यार से आकाश की तरफ ही देख रही है |

आकाश बोल रहा है –" हाँ एक बात और याद रखना , कोई भी ट्रेन में बात करे , तो डरके नहीं पुरे जोश से बात करो , अगर कोई मुश्किल आ जाए , तो सामने वाले मौत के चेहरा दिखा दो , कहने का मतलब , डर ही हमारी सबसे बड़ी कमजोरी है , बाकी तुम समझदार हो ,,

निर्मता बोली –" तुमसे जादा नहीं ,,

आकाश अपनी जेब से पांच हजार रूपये निकाल कर देता है |

आकाश बोला –" निर्मता मुझसे जितना हो सका मैंने किया , बस तुम्हारी वो बन जाए , वो तुम क्या कहती हो ,,

मिर्मता –" बायोग्राफी ,,

आकाश –" हाँ बायोग्राफी ,,

निर्मता –" जीवनी उनकी ही होती है जो , कुछ कर गुजरते हैं ,,

आकाश –" पता है , मैंने कई बार मोबाइल में देखा है ,,

निर्मता आकाश की तरफ देखती है

आकाश प्यार से बोला –" निर्मता .. सिर्फ एक बार मैं तुम्हारा हाथ पकड़ कर अपनी छाती से लगा सकता हूँ ,,

निर्मता सुनकर भावुक हो गई ,, और कसके आकाश को अपनी बाहों में भर लेती है ,,

निर्मता अंदर ही अंदर रोटी हुई , आखों से पानी टपक रहा है और बोली –" आकाश तेरे मांगने पर तो मैं , जान दे सकती हूँ ,और तुमने हाथ भी डरते हुए माँगा ,,

आकाश से निर्मता की पास जादा देर नहीं रुका गया वो उठकर खड़ा हो गया , और कांपते होटों से बोला –" ठीक है मैं यहाँ नहीं रुक सकता ,,

आकाश एक दंम अपनी आँखे पोंछता हुआ चला गया , निर्मता भी अपने आप को संभालती है

इधर खाली मैदान में राजेन्द्र , आज अकेला ही अपनी भेड़ चरा रहा है , राजेन्द्र को अपनी बेटी की याद आ रही है , अपनी आँखे पोंछता हुआ ऊपर देखता है और बोला –“

हे भगवान मेरी बेटी के सर पर हाथ रखना ,,

इधर निर्मता चलती ट्रेन में , शांम का वख्त है ट्रेन बीकानेर से रवाना हो गई ,निर्मता चुप चाप बैठी है

निर्मता के सामने एक पतला – दुबला आदमी बैठा है , ट्रेन चलते ही वो घबरा गया और ,ट्रेन में पैर रखने को भी जगह नहीं है इतनी भीड़ है , वो आदमी अपनी पत्नी को आवाज देता हुआ सबके सर के ऊपर से नीता – नीता करता हुया जा रहा है , इतने सामने से आवाज आई –“ मैं यहाँ खड़ी हूँ ,,

आदमी लंगूर की तरह लटका हुआ बोला –“ इधर नहीं आ सकती ,,

नीता –“ भीड़ में कैसे आऊँ ,,

सब आदमी को देख रहे हैं , कैसे छत से चिपका है , और नीता को सब जगह देते हैं और नीता , आकर सीट पर बैठ गई , आदमी भी बैठ गया ,

पास ही एक श्रगुन नाम की लड़की बैठी थी वो बोली –“ आंटी अंकल आपको बहुत प्यार करते हैं ,,

नीता –“ एन मोके पे खाने के लिए भेज दिया , ये तो पीछा छुडवा रहे हैं ,,

आदमी –“अगर एसा होता तो , लंगूर नहीं बनता ,,

सब हस रहे हैं , निता निर्मता की तरफ देखती है , देखकर बोली –“ बेटी तुंम चुप क्यों हो , सब हस रहें हैं , तुंम भी सफर का इंजॉय करो ,,

बुढा बोला –“ कहाँ जाना है बेटी ,,

निर्मता धीरे से बोली –“ मुंबई ,,

नीता खुश हुई और फिर बोली –“ अरे वा वहां क्या काम करती हो ,,

निर्मता –“ संघर्ष ,,

नीता किस काम का संघर्ष कर रही हो ,,

निर्मता –“ पता नहीं ,,

सब निर्मता की तरफ देखते हैं , सब को लगा ये लड़की के दिमाग में कोई दिक्कत है , निर्मता चुप – चाप अपनी किताब पढ़ना स्टार्ट करती है |

इधर आकश भी अपने घर आया , ट्रेक्टर खड़ा है , गाडी भी खड़ी है , अमर भी अभी तक घर नहीं आया , रानी रोटी पका रही है ,आकश भी रानी के पास बैठ गया ,और मन दुखी है |

रानी बोली –" आ गया ,,

रानी गौर से आकश की तरफ देखती है

रानी बोली –"तेरे भाई ने कुछ बोला क्या ,,

आकश अंदर ही अंदर दुखी है , सर हिला देता है

रानी –" तो तुम रो क्यों रहे हो , आँखे क्यों भीगी है ,,

आकाश दुखी स्वर से बोला –" निर्मता चली गई अब पता नहीं कब आएगी ,,

रानी अपने बेटे जैसे देवर को रोता देख , बहुत दुखी होती है और बोली –" अब देखना , इन्हों ने मेरे बेटे की एक ख़ुशी पुरी नहीं की अब मैं यहाँ नहीं रहूंगी , माँ जी हमेशा अपनी ही मर्जी चलाती है ,,

आकाश –" मेरा क्या होगा , भाभी मैं आपके सहारे ही वापस आया हूँ नहीं तो मैं भी मेरी निर्मता के साथ चला जाता ,,

रानी –"मैं क्या हमेशा के लिए जा रहीं हूँ ,मैं तो माँ जी को आज - कल की असलीअत दिखाना चाहती हूँ ,,

आकाश अपनी भाभी की तरफ देखता है और बोला –" इसका मतलब आप भी मुझे छोड़कर जा रही हो ,,

रानी –" अगर मिलना हो तो बीकानेर कोई दूर है क्या मिल जाना ,,

आकाश –" नहीं तुम कहीं नहीं जायोगी ,,

रानी –" अच्छा वो मैं देखूंगी , पर गाँव में अफवा फैल गई थी , तुम्हारा फोन मिला फिर कहीं , शांत हुए ,,

आकाश सोचता है , भाभी को भी अभी तक पता नहीं चला ,,

रानी फिर बोली –" निर्मता तुम्हें नहीं बताके है क्या ,,

आकाश बात को काटता है और बोला –" छोडो भाभी , बतायो आज भेड़े कौन लेकर गया था ,,

रानी –" अहमद का छोटा भाई ,,

आकाश –" सलीम .....,,

रानी –" हाँ , सलीम गया था ,,

आकाश उठकर जाने लगा

रानी बोली –" अरे खाना तो खाकर जायो ,,

आकश –" नहीं मैं खाकर आया हूँ ,,

रानी –" कहाँ से ...,,

आकाश के मुहं से अचानक निकल गया –" मैं निर्मता ,, इतना कह कर आकश रुक गया , फिर कुछ कहे बिना ही अंदर चला गया , रानी समझ गई की ये पूरा दिन निर्मता के साथ था , पर रानी आकश की दूसरी माँ थी ,आकाश को पता था की ये किसी को नहीं बताएगी , पर आकाश को एक बात का डर भी था , कहीं भाई को ना बता दे

इधर निर्मता के घर में निर्मता की चिंता हो रही है , राजेन्द्र चारपाई पे बैठा ,निर्मता की माँ पानी का गिलास लाइ ,, पास ही दादी चारपाई पे लेटी निर्मता की माँ राजेन्द्र को पानी देती हुई बोली –" हमें निर्मता का पता तो करना चाहिए , हमारे घर से बेटी गायब है और आप चुप – चाप बैठें हैं ,,

राजेन्द्र पानी पकड़ता हुआ –" मैंने सुबह भी बोला था , समझ लो इस घर में निर्मता कभी पैदा ही नहीं हुई ,,

निर्मता की दादी –" हम तो समझ लेंगे , पर लोगों तो पता है की निर्मता इसी घर में थी ,,

निर्मता की माँ –" बाहर औरते पूछती हैं , उनको मैं क्या जबाब दूँ ,,

राजेंदर –"उन्हें बोल दो बाहर पढने भेजा है ,,

निर्मता की माँ –" आज तो सब के सामने बोल रहे थे ,बेटी गायब है ,कल बोलेंगे पढने गई है ,,

राजेन्द्र गुस्से में बोला –" फिर बोल दो मर गई , मेरा खून मत पीओ ,,

निर्मता की माँ चुप हो गई

इधर निर्मता रात को चलती ट्रेन की खिड़की से बाहर देख रही है , निर्मता नें रात पहली बार ट्रेन में सफर किआ है उसे अच्छा लग रहा है

, लोग कुछ सिट पर कुछ लोग खड़े हैं , उन्हीं के बिच एक कचोरी वाला आया , श्रगुन नें दो कचोरी ली और निर्मता को बोली –" कचोरी खायो ,,

निर्मता –" नहीं धन्यवाद ,,

श्रगुन –" हम बीकानेर से आपके साथ हैं आपने कुछ नहीं खाया , हंम आपके साथ पुणे तक जाएँगे ,,

निर्मता –" मुंबई पुणे से कितनी दूर है मैं पहली बार जा रहीं हूँ ,,

श्रगुन –" अब समझ में आया , इसी लिए आपके गले में कुछ उतर नहीं रहा , आपको डर लग रहा है ,,

निर्मता –" नहीं दर को तो मैं जानती भी नहीं ,पर थोडा नर्वस हूँ ,,

श्रगुन –" नर्वस होने की क्या बात है ,आप कचोरी खायो ,,

निर्मता मुस्कुरा कर –" पहले तुंम खाओ ,,

श्रगुन –" क्यों ,,

निर्मता श्रगुन के कान में बोली –" मैंने कभी कचोरी खाई नहीं ,,

श्रगुन निर्मता की तरफ देखकर मुस्कुराती है , निर्मता भी मुस्कुराती है श्रगुन बोली –" चलो कोई बात नहीं पहले मैं खा लेती हूँ ,,

श्रगुन कचोरी निर्मता को देकर खुद खाने लगी निर्मता भी देखकर खाने लगती है , श्रगुन देखकर बोली –"आप तो बिलकुल सही खा रही हैं ,,

निर्मता –" मुझे बस एक मौके की जरूरत होती है ,,

श्रगुन –" पर आप मुंबई काम क्या करने जा रही है ,,

निर्मता चुप -चाप खा रही है , श्रगुन जबाब का इन्तजार कर रही है निर्मता का कोई जबाब नहीं आया ,निर्मता पहले खाती है , फिर खिड़की से हाथ साफ़ करती है , और निर्मता बोली –"पहले तुंम खाओ फिर बात करेंगे ,,

श्रगुन भी खाकर हाथ साफ़ करती है और निर्मता को बोली –" पर आपने तब क्यों नहीं बताया जब मैंने पहले पूछा था ,,

निर्मता –" क्या आपने किताबें नहीं पढ़ी ,,

श्रगुन –" बहुत पढ़ी हैं ,,

निर्मता –" कुछ भी खाते वक्त नहीं बोलना चाहिए ,,

श्रगुन –" इतना कौन देखता हैं ,,

निर्मता –“ कभी खाते वक्त अपनी आवाज रिकोड करके , अकेले सुनना , दुबारा कभी खाते वक्त नहीं बोलोगी ,,

श्रगुन निर्मता की तरफ देखती है और बोली –“ चलो आज के बाद नहीं बोलूंगी , पर अब बता तो दो मुंबई क्या करने जा रही हो ,,

निर्मता –“ मैं अपना खुद का काम करने जा रही हूँ ,,

श्रगुन हैरान होकर बोली –“ क्या मुंबई में ,,

निर्मता –“ सुनाई नहीं दिया दुबारा बोलूं क्या ,,

श्रगुन –“सुन तो लिया , पर मेरे समझ नहीं आ रहा तुम्हें खुद पता है तुम क्या बोल रही हो , जितना तुम बोल रही हो इतना आसान नहीं इतने बड़े शहर में बिजनस करना ,,

निर्मता –“ जब लोगों के समझ से बाहर हो जाए तो आप सही रास्ते पर जा रहे हैं , क्यों की हर कोई समझ आने वाले रस्ते पे ही चलता है कामयाबी का रस्ता उसे ही समझ आता है जो चलने का दंम रखता है ,99 %लोग तो किलोमीटर ही गिनते हैं ,,

श्रगुन –“ वो तो ठीक है मुंबई में समोसे बेचने भी मुश्किल हैं ,तुम वहां खुद का बिजनस करने चली हो , मैं हीरो बनना चाहती थी अभी तक स्ट्रगल कर रही हूँ ,,

निर्मता –“ ये तो नहीं हो सकता , तुम आमिर हो या मेरी तरह कंगाल हो ,,

श्रगुन –“नहीं मैं जहाज पर सफर करने वाली हूँ पर ,मुझे ट्रेन में सफर करना अच्छा लगता है

निर्मता –“बस यहीं कारण हैं तुम अभी तक कुछ नहीं कर पाई ,,

श्रगुन –“ वो कैसे ,,

अगर कोई कामयाब होता है , तो उसका सबसे बड़ा शिक्षक गरीबी होता है वो तुम्हारे पास नहीं है वो ही प्रेरित करता है मेरा तो कहना है कोई भी काम हो अगर करने का इरादा हो तो वो हो ही जाता है

श्रगुन बोली -“ दीदी आप ने कितनी पढाई की है ,,

निर्मता –“ ट्वेल्थ पास ,,

श्रगुन –“ बस ! आगे क्यों नहीं ,,

निर्मता –“ आगे गरीबी की दीवार है , व्ही तोड़ने जा रही हूँ ,,

श्रगुन –“ दीदी आपने फिल्म तो देखि होगी ,,

निर्मता –“ नावेल तो बहुत पढ़े हैं , फिल्म देखने का कभी टाइम ही नहीं मिला ,,

श्रगुन –“ चलो कुछ देर टाइम पास करते हैं , मैं आपको आज फिल्म दिखाती हूँ ,,

दोनों फिल्म देखना स्टार्ट करती है , एक इयरफोन निर्मता के दुसरा श्रगुन के कान में

इधर आकाश के घर में रानी अपना काम निपटा कर अपने कमरे की तरफ आ रही है और अंदर चली गई , अमर अपने बैठ पे लेट रहा है , और अपने मोबाईल में कुछ देख रहा है ,,

रानी बैठती हुई –“ क्या सारा दिन इसी में घुसे रहते हो ,,

अमर रानी की तरफ देखकर –“ और क्या करूँ ,,

रानी –“ कोई बात करलो हमसे ,,

जब रानी ऐसा बोली अमर को अजीब सा लगा , अमर उठ कर बैठ गया अमर बोला –“ क्या हुआ रानी , तुम ठीक हो क्या बोल रही हो ,,

रानी –“ कुछ नहीं मुझे आपका साथ चाहिए ,,

अमर-“ कैसी बाते कर रही है , मैं तो हमेशा तुम्हारे साथ हूँ ,,

रानी –“ तुम्हे पता है हमार्व कोई बच्चा नहीं , और जो हमारा बेटा बना है उसकी एक भी ख़ुशी मैं पुरी नहीं कर पाई ,,

अमर –“ अब तुम क्या कहना चाहती हो

रानी –“ मैं कल माँ जी से जिद करूंगी , निर्मता और आकाश की शादी के लिए , अगर ना मानी तो मैं घर छोड़ दूंगी , तुम भी मुझे धक्का देकर निकाल देना ,,

अमर –“ तुझे धक्का देने से पहले मैं खुद चक्कर खाकर गिर जाऊंगा ,,

रानी –“ तुम कोई सच में थोड़ी धक्का मरोगे , वो तो माँ जी को लगना चाहिए की रानी रूठ कर जा रही है ,,

अमर रानी कभी एक दुसरे से दूर नहीं हुए थे , पर आज रानी इस तरह की बातें करती है तो , अमर का दिल सा घबरा रहा है

अमर बोला –“ ये करना जरूरी है क्या ,,

रानी –“ माँ जी को समझाने का यही रास्ता है ,,

अमर –“ और मेरा क्या होगा , मैं अकेला ही रहूँगा ,,

रानी –“ अगर मैं मर जाऊं तो ,,

अमर रानी में मुंह पर थपड मार देता है , अमर की आँखों में पानी आ गया और बोला –“ दुबारा एसा मत बोलना ,,

दोनों एक दुसरे के सीने से लग गए

रानी इमोशनल होकर –“ हम तो जानते हैं ना हम दूर नहीं हैं , ये तो कुछ दिनों के लिए करना है

अमर –“ अगर माँ मान भी गई तो , निर्मता का तो कोई पता भी नहीं वो है कहाँ ,,

रानी –“ माँ जी मान जाए तो निर्मता तो कहीं भी हो ढूंढ लेंगे ,,

चलती ट्रेन में रात का वक्त कुछ सो रहे हैं कुछ जाग रहे हैं निर्मता श्रगुन सिंघल सीट पर बैठी मोबाईल में कुछ देख रही है दो लोफर लड़के ट्रेन में चढ़े , ट्रेन चल पड़ी , दोनों लडको में एक लड़का कुछ जादा ही डॉन था , वो इधर – उधर देखता श्रगुन और निर्मता के पास आया और श्रगुन को बोला –“ इ लड़की सीट छोड़ ,,

निर्मता , श्रगुन अपने मोबाईल से नजरें हटाती है ,और लड़के की तरफ देखती है

श्रगुन बोली –“ टिकट लेकर बैठे हैं , वैसे नहीं बैठे ,,

लड़का –“ चुप – चाप सीट छोड़ दो , नहीं एक दूंगा लाफा ,,

निर्मता को गुस्सा आया , इतने में लड़का श्रगुन का हाथ पकड़ कर खींचता है ,

निर्मता बोली –“ इसका हाथ छोड़ , हिम्मत है तो मेरा पकड़ के दिखा ,,

लड़का हस्स्ता हुआ , बोला –“ क्यों तुम कोई डॉन हो क्या ,,

श्रगुन का हाथ छोडके निर्मता का हाथ पकड़ने लगता है निर्मता जोर से लड़के के मुंह पर मुक्का मार देती है , लड़के के दो दांत निचे गिरे

निर्मता बोली –“ हम डॉन नहीं हैं , पर तेरे जैसों के लिए डॉन के भी बाप हैं ,,

शोर सुनकर आस पास वाले बोले –“ अरे क्या हो गया ,,

निर्मता बोली –“ हमरी सीट छीन रहा है ,,

आदमी बोला –“ क्यों भाई , चलो पीछे ,,

लड़का चुप – चाप पीछे जा रहा है ,,

निर्मता जाते लड़के को बोली –“ ये दांत लेजा डोक्टर दांत नये लगवाने का हजार लेते हैं , वो तेरे जैसे डॉन पास होता नहीं ,,

लड़का चला गया , श्रगुन निर्मता की तरफ देख रही है

निर्मता बोली –“ क्या देख रही हो ,,

श्रगुन –“ दीदी आ क्या खाती हो , एक में ही दांत निकाल दिए ,,

निर्मता –“ रोटी ही खाती हूँ ,,

श्रगुन –“ आप कौनसी रोटी खाती हो मुझे भी खिलायो ,,

निर्मता –“ कचोरी खाने वाले बाजरी खा सकते ,,

श्रगुन –“ बाजरी की रोटी खाती हो ,,

निर्मता –“ हाँ ,,

श्रगुन-“ दीदी मैं तो क्या हीरो बनूंगी , आपके बोलने से लगता है आपको एक्शन फिल्म का हीरो होना चाहिए ,,

निर्मता –“ वो कैसे ,,

श्रगुन –“ आपने फिल्म देखी है ना अभी ,,

निर्मता –“ हाँ – हाँ , जिसमें कहानी के साथ , मार – पीट करते हैं ,,

श्रगुन –“ हाँ व्ही सब हमें खुद करना होता है ,,

निर्मता –“ और हमें इस काम के पैसे कौन देगा ,,

श्रगुन –“ नौकरी की तरह इसमें पैसे नहीं मिलते पहली बार ,,

निर्मता –“ फिर क्या फायदा है ,,

श्रगुन –“ यहाँ इक्कठा ही देते हैं , एक दंम करोड़ पती कर देते हैं ,,

निर्मता –“ तुंम इसके बारे में इतना कुछ जानती हो तुंम क्यों नहीं कर लेती ,,

श्रगुन –“ मैं तो संघर्ष कर रही हूँ , एक दिन बन जाऊंगी ,,

निर्मता –“ नहीं मैं तो कोई और काम करूंगी ,,

श्रगुन –“ मेरा दिल करता है मैं भी आपके साथ जाऊं ,,

निर्मता –“ रोका किसने अभी चलो ,,

श्रगुन –“ पुणे में मेरा घर है ,,

निर्मता –“ मैंने भी घर छोड़ा है , अगर कुछ करना हैं तो हमारा घर वहीं होना चाहिए , जहाँ हमें कामयाबी नजर आए ,,

श्रगुन अपने एशो – आराम के बारे में सोचती है , और बाहर की और देख रही है

श्रगुन धीरे से बोली –“ हम घर को थोड़ी त्याग सकते हैं , अब घर में सब कुछ है कुछ भी कर सकती हूँ , एक बार घर छोड़ दिया तो जिन्दगी काटनी मुश्किल हो जाएगी ,,

निर्मता –“ तुम्हारी अमीरी ही तुम्हें आगे नहीं बढने देती अगर कुछ बड़ा करना हो तो घर तो त्यागना पढता है ,,

श्रगुन का मन डोल रहा है

श्रगुन बोली –“ दीदी अब हम सो जाएं , बाकी बातें कल करेंगे ,,

चलती ट्रेन में ट्रेन पुणे पहुंचने वाली है , निर्मता ,श्रगुन बैठी है श्रगुन बोली –“ दीदी पुणे ट्रेन रुकेगी क्या , खाओगी ,,

निर्मता –“ खाना तो ठीक , पर हमने एक दुसरे के साथ इतना लंबा सफर काट लिया पर एक दुसरे के नाम तक नहीं पूछे ,,

श्रगुन –“ मेरा नाम श्रगुन ,,

निर्मता –“ मैं निर्मता ,,]

श्रगुन –“ श्रगुन नाम कितना सुंदर नाम है इसके कितने सुंदर अर्थ है , सुशीलता , प्यारापन ,,

निर्मता –“ अगर तुम्हे अच्छा लगा तो , अच्छी बात है , पर नाम तो काम से ही बनते हैं ,,

इतने में ट्रेन रुक गई

श्रगुन –“ उठती हुई बोली दीदी आपके साथ बातें करके बहुत अच्छा लगा ,,

निर्मता –“ बातें अच्छा लगना कोई बड़ी बात नहीं , अगर उनपर अमल ना किया तो सब बेकार है ,,

श्रगुन –“ नहीं हम करेंगे ,,

निर्मता –“ जो लोग कल पे टाल देते हैं , उनका कल कभी नहीं आता , और वो दुनियाँ की भीड़ में गुम हो जाते हैं ,,

श्रगुन बाहर चली गई , और निर्मता जाती हुई श्रगुन की तरफ देखती है , श्रगुन ट्रेन से निकल गई , और जाकर बाहर बैठ गई , और सोचने लगी , निर्मता की कही बातें , श्रगुन को लगा , <u>मुझे भी दीदी के साथ जाना चाहिए</u>

<u>इतने में ट्रेन चल पड़ी , श्रगुन बिना सोचे समझे चलती ट्रेन के पीछे भागने लगी भागते वक्त पता नहीं चला कितने डिब्बे आगे गई , एक डिब्बे में चढ़ गई , उम्मीद भरी नजरों से देखती है पर निर्मता कहीं नजर नहीं आ रही , ट्रेन फिर रुकी , श्रगुन फिर उतर गई , अगले डिब्बे में भी देखती है पर निर्मता कहीं नजर नहीं आ रही , फिर इधर देख रही है , अगले स्टेशन का इन्तजार कर रही है , उसे लग रहा है काश मैं चलती ट्रेन</u> में आगले डिब्बे में जा सकूं |

फिर ट्रेन रुकी , और श्रगुन जल्दी से अगले डिब्बे में गई , और देखती जा रही है , फिर अचानक निर्मता बैठी नजर आ रही है , निर्मता , खिड़की से बाहर देख रही है , श्रगुन पास आकर निर्मता की तरफ देख रही , निर्मता को पता नहीं चला , फिर निर्मता अचानक देखती है , निर्मता देखकर बोली अरे श्रगुन तुम तो उतर गई थी ना ,

श्रगुन बोली –" दीदी मैं आपके साथ जाऊंगी ,,

निर्मता अपने सामने वाली सीट पर बैठे आदमी को बोली –"

सर आप उधर बैठ जाओ , इसे मेरे पास बैठने दो ,,

वो आदमी चुप चाप खाली सीट पर बैठ गया श्रगुन पास बैठते ही निर्मता को श्रगुन कसके जफ्फी मारती है , दोनों बहुत खुश है ,,

श्रगुन –" दीदी 20 घंटे आपके साथ गुजार के ऐसा लगता है , जैसे हम एक – दुसरे को सालों से जानते हैं , आपकी बातों में बहुत कुछ सिखने को मिलता है ,,

निर्मता –" मैं भी तुम्हें याद कर रही थी ,,

श्रगुन –" दीदी अब मैंने भी सोच लिया , अब हम कुछ करकें ही घर आयेंगे ,,

मुंबई में दादर स्टेशन पर ट्रेन रुकी , श्रगुन निर्मता ऊतर गई ,

श्रगुन –" लो दीदी आ गया मुंबई ,,

निर्मता धरती को नमन करती है

श्रगुन देखकर –" ये क्या दीदी ,,

निर्मता –" धरती को नमन किआ , इसे बोल दिया , हम जैसे आयें हैं वापस नहीं जाएंगे ,,

श्रगुन देख रही है

निर्मता बोली –" अब बोलो हमें कहाँ जाना चाहिए ,,

श्रगुन –" पहले हम किसी होटल में रेस्ट करें ,,

निर्मता –" चलो फिर ,,

आकाश अपने घर में अकेला बैठा है , निर्मता की दी किताब पढ़ रहा है

रानी अंदर आई हाथ में गिलास लेकर बोली –" आकाश आज तुमने दूध भी नहीं पिया , ना ही रोटी खाई , लो दूध पीलो ,,

आकाश बोला –" भाभी मुझे जाना है ,,

रानी –" कहाँ जाना ,,

आकाश –" मैं भी निर्मता के पीछे ही जाना चाहता हूँ ,,

रानी –" अपनी माँ को छोडकर ,,

आकाश –" नहीं भाभी मैं , एक बार उससे मिलकर आ जाऊँगा,,

रानी –" पर इतना धन -पशु कौन संभालेगा , बेटा ,,

आकाश –"मुझे नहीं पता , भाई को बोल दो बेच दो सब , भेड़े मैं नहीं चरा सकता ,,

रानी –" अच्छा ठीक , पर एक बार दूध तो पीओ ,,

आकाश –" भाभी मुझे कैसे भी करके एक बार , निर्मता को मिलकर आना है ,,

मुंबई रेस्टोरेंट कोई भी , रात का वक्त , निर्मता , श्रगुन होटल के कमरे में है , श्रगुन भी सोच में डूबी है , निर्मता की छाती पर किताब पड़ी है

निर्मता बोली –" श्रगुन मैं तो सोचती थी कोई छोटा – काम करके धीरे – धीरे आगे बढ़ जाऊंगी ,,

श्रगुन –" वो तो ठीक है , पर कोई भी छोटे काम के लिए भी पैसे चाहिए ,,

निर्मता –" फिर पहले ऐसा क्या करें जिस से हम थोड़े पैसे जमा करें ,,

श्रगुन –" दीदी सब बातें छोडो , मैं तो कहती हूँ , आप भी फिल्मों में ट्राई करो , आपके बोलने के हिसाब मुझे पूरा विशवाश आप ,कर सकती हो ,,

निर्मता –" मुझे इस काम के बारे में बिलकुल भी पता ,,

श्रगुन –" वो क्या कोई बड़ी बात नहीं , बस जो भी करना है , बिलकुल असली लगना चाहिए ,,

निर्मता –" मैं समझी नहीं ,,

श्रगुन –" मान लो आप किसी को , मार रहे हो , ऐसा लगना चाहिए की आप उसके सच में दुश्मन हैं ,,

निर्मता –" मैं एक बार देखने के बाद तो कुछ भी कर सकती हूँ ,,

श्रगुन –" पहले आपको एक दम , विलन जैसा पहरावा पहनना पड़ेगा , फिर हम ऊन लोगों से मिलेंगे जो , फिल्मो , में काम देते हैं ,,

निर्मता –" अब मेरे समझ में आया , मार – पीट करते हुए ,रिकॉड करते हैं , पर इसकी दिन में कितनी मजदूरी , देते हैं ,,

श्रगुन –" दीदी आप भी ना ! ये कोई मजदूरी नहीं होती , शुरू – शुरू में मेहनत करनी पड़ती है पर जब , काम मिलने लगता है ,तो , करोड़ो पर बात जाती है ,,

निर्मता –" मेहनत करके आगे बढना , मुझे तेरी बात में दम लगा , पर इसके लिए करना क्या पड़ेगा ,,

श्रगुन –" आपको जिम ज्वाइन करना पड़ेगा ,,

निर्मता –" वो क्या होता है ,,

श्रगुन –" जहाँ हम अपने आप को फुर्ती दे सकते , फीट रहते हैं एक्शन फिल्म के लिए ये जरूरी है ,,

निर्मता –" ठीक है तुम मुझे बताते रहना , जो भी करना है , बस इस काम को पकड़ लेते हैं ,तब तक नहीं छोड़ेंगे जब तक , हासिल नहीं कर लेते ,,

श्रगुन –" अब हमें रास्ता तो मिल गया , अब हमें इस पर चलना है ,,

दोनों एक दुसरे से हाथ टकराती

सुबह हुई निर्मता और श्रगुन त्यार हो रही हैं , निर्मता की देसी लुक , और अपने बाल बना रही है , श्रगुन अपनेबैग में कपड़े डाल रही

श्रगुन –" रात मोबाईल में देखा था ना , कैसे अपने आपको शिखर तक लेकर जाना है ,,

निर्मता –" हाँ तू मुझे बता दे अब करना क्या है ,,

आज निर्मता ने अपने सर से कपड़ा उतार दिया

निर्मता –" बोली चलो चलें ,,

दोनों रेस्टोरेंट से बाहर गईं , और पैदल ही जिम की तलाश के लिए चल पड़ी |

निर्मता इधर – उधर देखकर बोली –" श्रगुन यहाँ कोई जानवर भी नजर नहीं आ रहा , सिर्फ टेक्सियाँ ही नजर आ रही हैं ,,

श्रगुन –" ये कोई गाँव थोड़ी है , यहाँ कुत्ते भी कमरे में रहते हैं ,,

निर्मता –" इसका मतलब हम अमीर इलाके में हैं , यहाँ का गरीब इलाका कहाँ हैं , वहां रहने की जगह सस्ते में मिल सकती है ,,

श्रगुन –" हम रह रहें हैं ना ,,

निर्मता –" हमारे पास इतने पैसे कहाँ है जो , यहाँ रहते रहेंगे ,,

श्रगुन –" पहले जिम तो देख लें , फिर देखेंगे क्या होता है ,,

इधर , आकाश भी अपने घर में हैं और आज वो बिलकुल उदास बैठा है ,

आकाश की माँ आई और बोली –" आज अभी तक गये नहीं , माल लेकर ,,

आकाश –" नहीं मैं नहीं जाऊँगा , बेच दो सबको ,,

माँ जी –" क्या हो गया , आज तेरे ,,

आकाश –" कुछ नहीं मेरे , मैं आज के बाद भेड़ नहीं चराने जाऊँगा ,,

माँ जी गुस्से में , रानी भी पास आ रही है , माजी बोली –" मुझे सब पता है , आज राजेन्द्र की कलमुहीं नहीं है ,,

रानी –" माँ जी क्यों भडक रहे हो आप जायो , मैं बात करती हूँ ,,

माँ जी -" ये अगर नहीं चराएगा ,तो क्या माल नहीं चरेगा ,,

रानी –" आकाश क्या हो गया , आज – आज तो इन्हें ले जायो , फिर तेरे भाई से बोल कर निपटा देंगे ,,

आकाश चुप – चाप खड़ा हुआ और चल पड़ा ,,

इधर निर्मता श्रगुन एक जिम के आगे खड़ी हैं , देखकर अंदर गई ,अंदर एक तरफ लड़के , एक तरफ लडकीयाँ , कोई वेट लिफ्ट कर रहा कोई कुछ कर रहा है , यनी सब काम में लगे हैं ,35 वर्ष आयु ,ऑनर सामने चेयर पे बैठा है ,निर्मता , श्रगुन पास औई ,

दोनों मोर्निंग बुलाती है ,

ऑनर –" मोर्निंग , बोलो ,,

श्रगुन –" सर हम भी जिम करना चाहते हैं ,,

ऑनर –" आपका नाम ,,

श्रगुन –" श्रगुन ,,

निर्मता जल्दी बोली –" जी मेरा नाम निर्मता है ,,

ऑनर –" दोनों ज्वाइन करोगी ,,

श्रगुन –" नहीं , सिर्फ दीदी को ,,

ऑनर –" दस बजे तक खुला रहता है ,,

निर्मता –" नहीं हम चले जाएँगे ,,

ऑनर निर्मता की तरफ देखकर –" बेटा यहाँ फिट कपड़े पहन कर आया करो ,,

निर्मता –" सर कल से होगा ,,

ऑनर –" ठीक है , चलो आज मैं तुम्हें देखूं तुम क्या कर सकती हो ,,

ऑनर 25 , 30 वेट के पास गया , उनके सामने उठाया

ऑनर –" लो अब तुम उठाओ ,,

निर्मता ने तीस किलो उठाया , इतने वजन का निर्मता को पता ही नहीं चला , झट से उठा दिया

ऑनर देखकर खुश हुआ बोला –" वा , क्या बात है , पहले कही जिम किआ था क्या ,,

निर्मता –" नहीं सर ,,

ऑनर ने पचास कर दिया , बोला –" लो अब उठायो , एक से छाती पर दुसरे से सर के ऊपर ,,

निर्मता अपने पिता के साथ बड़े लकड़ी के पेड़ उठाती थी , वो याद करती है , और झट से पचास भी पार कर दिया ,,

जिम में सब निर्मता की तरफ देख रहें हैं

ऑनर –" अरे पहली बार में पचास पार , क्या खाती हो तुम ,,

ऑनर काफी खुश होता है

ऑनर –" तुम करती क्या हो ,,

निर्मता –" अभी तो कुछ नहीं पर कुछ करके ही जाऊँगी ,,

श्रगुन –" सर ये कोई बिजनस करने आई थी पर अब इसका मन बदल गया की एक्शन फिल्म में ट्राई करूंगी , इसी लिए तो हम जिम ज्वाइन कर रहे हैं ,,

ऑनर –" वैरी गुड , भगवाना आपका साथ दे ,,

निर्मता –" वही तो साथ दे रहा है , इसी लिए श्रगुन मिली , मैं तो सधारन जीवन जीने वाली हूँ ,,

ऑनर –" कोई बात नहीं जो आग में जल जाता है ,वो राख होता है , और जो आग में जलकर चमक जाता है वो सोना होता है ,,

निर्मता को लगा ऑनर अच्छा आदमी हैं

ऑनर –" और जो भूखा रहना सिख गया , कोई वक्त ऐसा आता है , ऊपर वाला उसके हाथ से कईयों की भूख मिटाता है ,,

निर्मता शर्मा कर –" सर हम पैसे तो देंगे , पर अगर आप इस जिम की सफाई करवाते हैं तो वो हम करदेंगे , आप हमारी फीस माफ़ करदो ,,

ऑनर निर्मता की तरफ देखता है

श्रगुन बोली –" नहीं सर हम गरीब नहीं ,,

ऑनर –" यहाँ गरीब बनकर आयो , ये शहर आपको अमीर बना देगा , अमीरों को तो ये पहले ही लूट रहा है ,,

दोनों चुप

ऑनर –" कोई बात नहीं पैसे का तो बाद में देखेंगे , आज में समझता हूँ ,,

निर्मता जिम के बारे में लगातार एक घंटा , ऑनर से समझती है , खुद भी करती है , निर्मता के कपड़ों से पता चल रहा है , निर्मता को खूब पसीना आया है

इतने में दस बज गये , निर्मता श्रगुन ऑनर की तरफ गई , ऑनर किसी स्टूडेंट से बात कर रहा है

ऑनर देख कर बोला –" बोलो बेटी ,,

निर्मता –" सर कितने पैसे 15 डेज के ,,

ऑनर –" कुछ नहीं आप जल्दी आकर सफाई कर दिया करो ,,

दोनों चल पड़ी , ऑनर आवाज लगाता है –" मुझे कोई काम दिखा तो मैं बताऊँगा ,,

निर्मता पीछे मुड़कर-" थैंक्स सर , हमे बहुत जरूरत है ,,

दोनों बाहर चली गई , देख रही है , रोड़ पर बहुत ट्राफिक है

श्रगुन –" दीदी वापस चलें आज तो आप थक गई हो ,,

निर्मता –" क्या ! इतने में ही मैं अगर पूरा दिन यहाँ रहूँ तो भी मुझे फरक नहीं पड़ने वाला , इससे भी कठिन काम किए हैं मैंने ,,

श्रगुन –" फिर हंम किसी भी कास्टिंग डायरेक्टर के पास जायें , और उससे भी पहले आपके फीट कपड़े , दिलाती हूँ , दिखने में आप नंबर वन लगो ,,

निर्मता –"ये कास्टिंग वो क्या बोला था | श्रगुन –"रात बताया था ना , कास्टिंग डायरेक्टर ,ये हमे काम देंगे | निर्मता –" अच्छा .....!चलो फिर

श्रगुन –" इसे नहीं पहले , आपको आज से गुंडा बना देती हूँ| निर्मता –"पर आज जरुर पता करना है यहाँ गरीब लोग कहाँ रहते हैं | श्रगुन-" नहीं दीदी आज पहले आपको कपड़े दिखाती हूँ| निर्मता –" चलो आज फिर यही करो ,राजस्थान की लिबास बदलो

राजस्थान मैं खली मैदान, आकाश खाली मैदान में घास-फूस पर अपनी भेड़ें चरा रहा है ,और जब रोज जहाँ आकाश के साथ निर्मता होती थी आज अकेला बेठा , उदास है और अपनी जेब से छोटी सी तस्वीर निर्मता की निकाल कर देखता है ,आकाश का खेत है , आकाश अपने खेत की तरफ देखता है | अमर बड़ी स्पीड से ट्रेक्टर के साथ

खेत में जुताई कर रहा है , और अमर के जेब में फोन कम्पन करता है , अमर ट्रेक्टर धीरे करता है और अपनी जेब से फोन निकालता है और उठाता है| अमर –“ हेल्लो, दीपिका , जीजू हम चार बजे ,बस स्टैंड पर पहुंच जायेंगे ले जाना अमर –“तुम भी आ रही हो साथ दीपिका –“क्यों में वापस जायुं क्या| अमर-“ नहीं में अभी आया अमर फोन काटकर टाइम देखता है , बीस मिनट बाकि है अमर उसी वक्त लिफ्ट उठाता है और ट्रेक्टर घुमाता है और रोड की तरफ जा रहा है | राजस्थान में रोड पर बस स्टैंड अमर बस स्टैंड पर पहुंच गया कुछ ही देर में बस आ गयी दीपिका और रानी उतर गयी उसके साथ एक और आदमी उतरा है , सब आपस में मिलकर ट्रेक्टर पर बेठ गये |

आकाश का घर-अमर अपने घर में ट्रेक्टर रोक देता है , सामने चारपाई पे माँ जी और दयाल मटर की फली में से दाने निकाल रहें हैं

रानी और दीपिका माँ जी की तरफ गयी पीछे अमर आ रहा है , दोनों पास गयी दीपिका के दयाल सर पर हाथ फेरता है , माँ जी भी ,रानी दयाल और माँ जी के पैर छूती है माँ जी और दयाल रानी के सर पर हाथ फेरते हैं पास ही एक चारपाई पड़ी है उस पर बेठ गये

अमर –“[पास पड़ी कुर्सी पर बैठते हुए]

लो मुझे चाय पिलानी है तो पिलायो ,नहीं में जा रहा हूँ | रानी –“ नहीं में अभी बना के लायी तुम बात करो , रानी रसोई की तरफ चली गयी

माँ जी –“ केसी हो दीपू , केसी चल रही है तेरी पढाई

दीपिका –“ ठीक है मोसी

दयाल जी –“हमारे सम्भ्न्धी जी कैसे हैं ,,

दीपिका –“ ठीक है,,

अमर –“ हमारे पास आने का मन कैसे कर गया ,,

दीपिका –“ मैं तो बहुत दिनों से आना चाहती थी ,पढाई की वजह से दिक्कत थी ,,

अमर –“ अब क्या हुआ ,,

दीपिका –“ अब तो ज्वाइन ही करना है ,

अमर –“ चलो अच्छा है ,,

दयाल अमर को बोला –" अरे हाँ आकाश को देखा था आज ,,

अमर –" हाँ वो खेत के पास ही था ,,

आकाश अपनी भेड़ें लेकर गाँव की तरफ आ रहा है सिंगल रोड , आस –पास , छोटे छोटे टिल्ले हैं , आकाश देखता है सामने अहमद आ रहा है , दोनों बिलकुल करीब हो गये

अहमद सामने से आता हुआ –" कैसे हो आकाश , निर्मता का कोई पता चला क्या ,,

आकाश –" नहीं ....,,

दोनों रुक गये

अहमद –" यार वो हमेशा तेरे साथ रहती थी , तुजे तो बताके जाना चाहिए ,,

आकाश –" क्या कर सकते हैं उसकी मर्जी ,,

अहमद –" फिर भी तुजे बताके जाना चाहिए था ,तुम दोनों बहुत करीब थे ,,

आकाश –" मुझे कोई पर्व नहीं हैं ,,

अहमद –" मैंने सुना है , तुम्हारी तो शादी की बात भी चल रही थी ,,

आकाश –" चल रही थी पर मेरी मन नहीं मानी ,,

अहमद –" मान ना मान मुझे तो निर्मता पर शक है ,,

आकाश –" कैसा शक ,,

अहमद –" वो ही तुमसे शादी नहीं करना चाहती थी इसी लिए वो अब गाँव ही छोड़ कर चली गई ,,

आकाश –" तुम रास्ता नापो , कुछ भी बकवास कर देते हो ,,

आकाश अपनी भेड़ो के पीछे चल दिया , अहमद खड़ा है ,पीछे आवाज देता है –" अरे वो बड़े सपने देखने वाली , तुमसे शादी नहीं करेगी , चली गई वो अपने सपने पूरे करने ,,

इधर मुंबई शहर में रोड पर निर्मता और श्रगुन ने शोपिंग कर ली है वो अपने रेस्टोरेंट में जाने के लिए तयार हैं , श्रगुन के हाथ में थैली है

निर्मता –" लायो थैली मुझे दो

श्रगुन –" दीदी इसमें कोई वजन थोड़ी है ,,

निर्मता –“ मैं क्या कलेक्टर की बेटी हूँ ,हमें मिल बाँट के करना चाहिए ,,

इतने में ओटो आ गया ,श्रगुन बोली –“ लो ओटो आ गया , आप बैठो ,और बहुत काम मिल के करने के लिए ,,

निर्मता ओटो में बैठ गई , निर्मता के हाथ से मोबाईल गिर गया , ओटो के अंदर ही , निर्मता मोबाईल उठाती है , और निर्मता को मोबाईल देखते ही आकाश की याद आई

रात का वक्त है , आकाश अपने मैंन गेट से अंदर गया , सामने देखता है भाभी के पास एक अनजान लडकी बैठी है , आकाश चुप – चाप बाल्टी उठाता है और हमाम से गर्म पानी लेकर नहाने गया , दीपिका देखती है

रानी रोटी बेल रही है ,

दीपिका –“ दीदी आपका देवर आपको बुला कर भी नहीं गया ,,

रानी –“ आज ये मुझ से नराज है ,,

दीपिका –“ फिर भी देखा भी नहीं इसने आपकी तरफ ,,

रानी –“ पहले अच्छा भला था , ये सब निर्मता की वजह से है ,,

निर्मता और श्रगुन रेस्टोरेंट में हैं , निर्मता की छाती पर मोबाईल पड़ा है ,और घरी सोच में डूबी हुई , श्रगुन अपने मोबाईल को देखती हुई निर्मता की तरफ देखती है

श्रगुन –“ दीदी क्या हो गया आज आपने ना ढंग से खाना खाया , किस सोच में हो ,,

निर्मता अपने आप में मग्न कुछ नहीं सुना , श्रगुन निर्मता के कंधे से पकड कर हिलाती है –“ दीदी ..... दीदी ....क्या हो गया ,,

निर्मता धीरे से -“ श्रगुन मेरे आकाश का पता नहीं क्या हाल होगा ,,

शर्गुन –“ ये आकाश कौन है ,,

निर्मता –“ मैं उसी की वजह से यहाँ तक आई हूँ ,,

श्रगुन –“ अच्छा आपका कोई लवर होगा ,,

निर्मता –“ लवर भी है और , अच्छा दोस्त भी ,,

श्रगुन –“ उसने आपको अभी तक एक फोन काल तक नहीं की , कैसा दोस्त है ,,

निर्मता –" वो मजबूर है , उसे मैंने ही बोला था , गाँव में किसी का भी मोबाईल लेकर मुझे काल मत करना ,,

श्रगुन –" दीदी आप तो मुझे मोटिवेट करके लाइ हो , आप किन बातों में उलझ गई ,,

निर्मता –" क्यां करूं हर बात पे वो याद आ जाता है ,,

श्रगुन –" दीदी मैंने एश जरुर की पर कोई टेन्शन नहीं पाली ,,

निर्मता –" अरे वो टेंशन नहीं है , उसे याद करने पर कई टेंशन दूर हो जाती है ,,

इधर आकाश अपने कमरे में कुर्सी पे बैठा है सामने टेबल है निर्मता की दी हुई किताब देख रहा , दीपिका कमरे में हाथ में खाने की थाली है , आकाश दीपिका की तरफ देखता है , दीपिका थाली रख देती है

आकाश धीरे से बोला –" आप जायो ,,

दीपिका बाहर चली गई और सोचती है –" दीदी तो बोल रही थी ये अनपढ़ है , पर ये तो किताब पढ़ रहा ,,

इतने में रानी के पास जाज्क्र बैठ गई

दीपिका रानी को –" दीदी एक बात मेरे सम्झ नहीं आ रही , आप बोल रही थी ये अनपढ़ है पर ये तो किताब पढ़ रहा है ,,

रानी इसे किताबों का बहुत शोंक है इस लिए बस देखता रहता है ,

दीपिका –" तो आप तो पढ़ी लिखी हैं . इसे सिखा देती ,,

रानी ये मेरे दिमाक कभी आया ही नहीं ,,

दीपिका –" मैं सीखूंगी इसे किताब ,,

रानी –" ठीक है सिखा देना ,,

इतने में आकाश रोटी लेने खुद आ गया , और अपनी भाभी से रोटी मांगता है , और रोटी लेकर चला गया

रानी दीपिका को बोली –" क्या कर रही हो , वो रोज मेरे पास बैठ कर खाता है , आज ही दूर बैठा और रोटी खुद लेने आ गया ,,

दीपिका प्लेट उठा कर –" लयो रोटी दो अब भी वो एक ही लेकर गया है,,

रानी रोटी रख देती है , दीपिका भाग कर आकाश के कमरे की तरफ जा रही है , और कमरे में जाकर देखती है आकाश खाना खा रहा है

दीपिका –" सोरी पहले मैं बातों में उलझ गई थी अब जब तक आप खाना खा नहीं लेते मैं यहीं खड़ी रहूंगी ,,

आकाश –" नहीं आप जायो , आपसे मेरी भाभी माँ की बराबरी नहीं होगी ,,

दीपिका धीरे से –" रोटी और दूँ ,,

आकाश –" नहीं बस मैं इतना ही खाता हूँ ,,

दीपिका का बातें करने का मन कर रहा है , फिर वो चली गई , बहर देखती है , अमर भी ट्रेक्टर रोकता है

इधर मुंबई में निर्मता अपने पैसे गिन रही है , श्रगुन देख रही है

निर्मता –" श्रगुन मेरे पास सिर्फ छ हजार रूपये बचे हैं ,,

श्रगुन –" दीदी आप सो जयो पैसे की क्यों फ़िक्र करती हो ,,

निर्मता –" पैसा तो पानी की तरह हाथ से जा रहा है चार हजार खर्च हो गए इसका मतलब दो दिन में जेब खाली ,,

श्रगुन –" छोडो ना मैं इंतजाम कर लुंगी आप मोबाईल में कुछ सीख लो ,,

निर्मता –" आज तो तेरे कहने पर पूरा दिन , खराब कर दिया , अगर आज किसी से मिलते तो कितना अच्छा होता ,,

श्रगुन –" आज तो हमने त्यारी ही की है कल से स्टार्ट कर देंगे ,,

निर्मता –" लयो क्या दिखा रही थी तुंम ,,

श्रगुन और निर्मता एक दुसरे के करीब होकर मोबाईल में कुछ देखने लगी

इधर आकाश के घर में सवेर की दूसरी चाय , अमर कुर्सी पर बैठा है ,आकाश कुर्सी पर बैठा है , , रानी चाय लेकर आ रही है आकाश के करीब आई , दोनों भाई एक –एक कप उठाते हैं

रानी बोली –" आठ बजने वालें हैं दीपिका अभी तक नहीं उठी ,,

रानी आवाज लगाती है –" दीपिका .... आठ बज गए उठ जयो अब ,,

अमर –"

क्यों परेशान करती हो उठ जाएगी शहर वाले लेट ही उठते हैं ,,

रानी –" मैं भी तो शहर से ही हूँ ,,

अमर –" तुम तो घुल- मिल गई हो , ये कल तो आई है ,,

इतने में दीपिका भीं आ गई , आंखे मसलती हुई ,

अमर –" लो दीपिका भी आ गई ,,

रानी –" दीपिका कितना लेट उठती हो ,,

दीपिका शर्माती हुई पास आई ,

दीपिका –" दीदी आपने मुझे जगाया नहीं ,,

अमर –" को बात नहीं , तेरी बहन भी लेट ही उठती थी ,,

दीपिका –" नहीं जीजू मैं टाइम से ही उठती हूँ , रात देर तक बातें की इस लिए ,,

आकाश उठकर बोला –" ठीक है भाभी मैं चलता हूँ ,,

रानी –" अरे मैं अभी खाना बना देती हूँ लेकर चले जाना ,,

आकाश –" नहीं ,

दीपिका मुंह धोकर , अपनी दीदी से चाय पकडती है

रानी मुस्कुरा कर –" कहाँ से खाओगे ,,

आकाश चला गया ,अमर ट्रेक्टर साफ़ कर रहा है

दीपिका अमर को – " जीजू खेत जा रहे क्या ,,

अमर –" हाँ जा रहा हूँ ,,

दीपिका –" मैं भी जाऊंगी , तेरी दीदी खाना बना ले ,,

दीपिका –" ठीक है मैं तयार हो जाऊं ,,

इधर रेस्टोरेंट मुंबई में श्रगुन बैग में कपड़े डाल रही है , निर्मता जूते पहन रही है

निर्मता –" मैंने बोला था ना मत रुको मंहगे होटल में दो रात के ही दो हजार ले लिए ,,

श्रगुन –" मैंने दे दिए ना दीदी ,,

निर्मता –" तुम समझ क्यों नहीं रही , वो भी तो पैसे ही थे ,,

श्रगुन –" चलो ठीक है आज हम कोई सस्ता देंगेंगे , पर इस से सस्ता कहीं नहीं मिलेगा ,,

निर्मता –" तुम क्या नाम ले रही थी , हाँ धारवी , वहाँ देखकर आयें ,,

श्रगुन- " ठीक है देख लेंगे ,,

निर्मता –“ खाली देखना नहीं वहाँ रहना भी है ,,

श्रगुन –“ पहले जिम जाना है , हम लेट हो रहे हैं ,,

निर्मता –“ आज भाग के बीस मिनट में जिम पहुंचना है ,,श्रगुन निर्मता की तरफ देखती है ,और गर्दन हिलाकर हाँ का इशारा करती है

निर्मता अपना बैग उठाकर रोड पर भागने लगी , श्रगुन कुछ देर पीछे भागती है और साँस फूल जाता है

श्रगुन भागती हुई –“; दीदी पता नहीं क्या खाती है ,,

इधर आकाश खाली रोड पर सोचता हुआ अपनी भेड़ो के पीछे जा है , इतने में अमर भी ट्रेक्टर लेकर आ गया , साथ दीपिका है , अमर भेड़ हटाने के लिए हॉर्न देता है , आकाश घहरी सोच में डूबा , एक दंम पीछे देखता है और भेड़े हटाता है ,

दीपिका –“ देख कर बोली पूरा दिन ये उसी की सोच में ही डूबा रहता है ,,

अमर –“ मैंने कई बार बोला है , मत दिमाग खराब किया कर पर वो कहते हैं ना अगर कोई अनपढ़ किसी को चाहता है तो जान भी देता है , पर पढ़े लिखे को उसकी कद्र नहीं होती ,,

इधर निर्मता जिम सेंटर में जिम कर रही है , पसीना शरीर से पानी की तरह बह रहा है वहाँ जितने भी लड़के लडकियाँ हैं सब निर्मता की फुर्ती को देख रहे हैं , निर्मता रहने और खाने का फ़िक्र पर अपने आप को मजबूत कर रही है

आकाश अपने खेत के पास एक छोटी सी किताब निकाल कर देखता है और निर्मता की कही बात याद करता है

निर्मता की याद कुछ ईस तरह है , खाली मैदान में भेड़े चर रही है निर्मता और आकाश बैठे हैं , निर्मता एक छोटी सी किताब आकाश को देती है और बोली –“ मैं तुम्हें किताब इस लिए नहीं सिखाती क्यों की फिर तुम फिर मेरी किताब सुनोगे नहीं

आकाश याद से बहर आया ,और किताब की तरफ देख कर मुस्कुराता है इतने में पीछे से दीपिका आकर आकाश की दोनों आँखों पर हाथ देती है ,आकाश एक दंम हाथ पकड़ता है

आकाश –“ भाभी की बहन हो ,,

दीपिका –“ हाय तुमने तो पहचान लिया ,,

आकाश गुस्से में –“ इस गाँव में तुम ही नहीं तो निर्मता के सीवा कोई नहीं था ,,

दीपिका –“ गुस्सा मान गये तुम तो ,,

आकाश –“ आज के बाद मुझे हाथ मत लगना ,,

दीपिका कान पकड़ कर –“ ठीक है , अब माफ़ करदो बाबा ,,

आकाश –“ मैं कभी किसी से नराज नहीं होता , ,,

दीपिका –“ चलो फिर मुझे किताब पढ़कर सुनायो ,,

आकाश को बहुत दुःख हुआ , आकाश दीपिका की तरफ देखता है ,आकाश की आँखें भर आई

दीपिका देखकर –“ रो क्यों रहे हो मुड नहीं है तो शाम को सूना देना ,,

आकश की आंख से पानी किताब पर गिर गया

दीपिका –“नहीं सुना सकते तो मैं चली जाती हूँ , मैं तो बताने आई थी जीजू बुला रहें हैं ,,

दीपिका चल पड़ी

आकाश धीरे से आवाज देता है –“ सुनों .....,,

दीपिका पीछे देखती है

आकाश –“ मुझे किताब पढनी नहीं आती दुबारा मुझे किताब पढने को मत कहना ,,

दीपिका पास आई और बोली –“ मुझे पता है , पर सुनाने से आधा दुःख दूर हो जाता है , अगर सुनने वाला अच्छा हो ,,

आकाश दीपिका की तरफ देखता है

दीपिका-“ अब मैं तुम्हें किताब सीखा दूंगी पन्द्र दिन में ,,

इधर मुंबई में निर्मता जिम से बाहर आई , श्रगुन देखकर खड़ी हो गई

निर्मता –“ चलो सीधा धार्वी ,,

दोनों धारावी की गलियों में पैदल चल रही है नालियों से बदबू आ रही है श्रगुन ने रुमाल से अपना मुंह ढक लिया , निर्मता नें भी , गली के लोग इनकी तरफ देख रहें हैं , गली में छोटी – छोटी दुकाने लगी है

निर्मंता देखकर –" इतनी भीड़ी जगह है यहाँ ,,

श्रगुन –" मैं तो खुद सोच रही हूँ मुंबई में भी ऐसी जगह है ,,

निर्मंता –" किस से पूछें , रहने के बारे में ,,

श्रगुन –" दीदी आप रहने की बात कर रहें हैं , मैं तो लगता है एक घंटे में मर जाऊंगी ,,

सामने से एक औरत आ रही है

निर्मंता औरत को रोककर –" आंटी यहाँ कोई मकान मिलेगा क्या ,,

औरत –" हाँ .... ,,

निर्मंता –" आपके पास है ,,

औरत –" मेरे पास मकान में जगह नहीं है ,आगे पता करो ,,

श्रगुन –" थेंक्स ....,,

निर्मंता और श्रगुन आगे गई देखती है लोगों के घर के आगे बेचने का समान पड़ा है

श्रगुन –" दीदी आप मुझे कबर में डाल दो पर यहाँ रहना मुश्किल है ,,

निर्मंता –" जो यहाँ रहते हैं वो इंसान नहीं है ,,

निर्मंता देखती है , एक औरत गमले बेच रही है अपनी दूकान में बैठी है निर्मंता उसके पास गई

निर्मंता औरत को –" आंटी हमें रात गुजारने के लिए मकान चाहिए काफी दिनों के लिए ,,

औरत –" हाँ मिल जायेगा पर , एक आदमी की जगह है ,,

निर्मंता –" हम एक ही मकान में दोनों ही रह जाएँगे ,,

औरत –" यहाँ नये हो क्या एक मकान में यहाँ दस लोग रहता हैं ,,

निर्मंता श्रगुन की तरफ देखती है

श्रगुन –" जी हम नये हैं ,,

औरत –" आगे पता करो फिर ,,

दोनों आगे चल पड़ी गली में कुछ बच्चे खेल रहे हैं उनके ही साथ एक 12 वर्ष लड़का खेल रहा है निर्मंता लड़के को रोक लेती है

निर्मंता –" सुनो ....,,

लड़का उखड़ी आवाज में –“ क्या ..... है ,,

श्रगुन –“ यहाँ किराये पर मकान देता है ,,

लड़का –“ हाँ उधर फोजी है ना , खोली देता है ना ,,

निर्मता –“ प्लीज हमे छोड़ कर आयो ना ,,

लड़का –“ फोलो मी ....,,

लड़का आगे जा रहा है निर्मता श्रगुन पीछे – पीछे जा रही है ,,

श्रगुन लडके को –“ अरे वा तुम तो इंग्लिश जानते हो ,,

लड़का –“ मोबाईल से सीखा ,,

तीनो जा रहे हिं

निर्मता –“ श्रगुन जितनी जगह में इनके दो माकन है , ऊतनी जगह में हमारे लोग खाना ही बनाते हैं ,,

इतने में फोजी की शॉप पर पहुंच गये लड़का आगे गया ,

फोजी देखकर बोला –“ कैसे ए हो .....,, ,,

लड़का –“ ये खोली लेने के लिए ए हैं ,,

फोजी बाहर देखता है , श्रगुन निर्मता बाहर खड़ी है

फोजी आवाज लगाता है –“ आयो बेटी ....म,,

निर्मता , श्रगुन पास आई , लड़का बाहर जाने लगा निर्मता लडके को रोक लेती है

निर्मता –“ बेटा तुम प्यारे बहुत हो , पर कोई बुलाए तो प्यार से बोला करो , फिर और भी प्यारे हो जाओगे ,

लड़का भाग गया , दोनों फोजी के सामने बैठ गई

फोजी –“ कहाँ से हो ,,

निर्मता –“ राजस्थान से ,,

फोजी –“ देखो खोली के बारे में हमारे पास दो ऑप्शन है किराए पर भी और फ्री में रात भी काट सकते हैं ,,

निर्मता को अजीब सा लगा बोली –“ वो कैसे ,,

फोजी –“ पहला अगर रात को दो बजे तक हमारे वर्करों के साथ काम करके उसके बाद सो सकते हैं उसके बाद सुबह छ बजे तक सो सकते हैं , अगर दिन में रुकना है तो दिन के अलग देने होंगे

निर्मता –“ दिन के अलग क्यों ,,

फोजी -" दिन हमारे वर्करो सोना होता है ,,

निर्मता –" नहीं हंम काम करके रात काट लेंगे ,,

फोजी –" कोई बात नहीं ऊसके भी रूल है ,,

निर्मता –" क्या रूल सर ,,

फोजी –" आपको खाना खुद का खाना है सात बजे से पहले यहाँ से मकान खाली करदोगे ,,

निर्मता –" ठीक है हमें पांच घंटे सोने के लिए काफी ,,

फोजी –" अपना नाम लिखवा दो शाम को आ जाना ,,

श्रगुन –" हमें आज डायरेक्टर से मिलना है शाम को हंम आ जायेंगे ,,

इधर आकाश के रात के वक्त , आकाश कापी पैन लेकर , कमरे की तरफ जा रहा है , रानी अपना कोई समान संभाल रही है , आकाश कमरे में देखता है , दीपिका के हाथ में किताब है ,लेकर बैठी है

दीपिका देखकर बोली –" आज के बाद तुम किताब देखने के लिए नहीं पढने के लिए ऊठायोगे ,,

आकाश दीपिका के पास पड़ी चारपाई पे बैठ गया , दीपिका आकाश को कोपी पे अ अनार लिखकर देती है , आकाश मुस्कुरा कर लिखने लगा

इधर निर्मता और श्रगुन , , रात के दो बजे तक काम करती फिर सुबह कास्टिंग डायरेक्टर के पास चक्कर लगाती

इधर दीपिका भी रोज रात को आकाश को पढाती , आकाश गलत लिखकर फिर कान पकइता , रानी उन दोनों के पास बैठी रहती

इधर निर्मता और श्रगुन लगातार महिना हो गया , फोजी की शॉप पर काम करके रात गुजरते हुए , फोजी की शॉप से निकली हैं , निर्मता के चहरे पर कोई ख़ास फर्क नहीं पड़ा , श्रगुन का जगता हुआ चेहरा काला पड़ गया निर्मता आगे चल रही है , श्रगुन बिलकुल धीरे – धीरे पीछे आ रही है आंखे बिलकुल लाल हालत बिलकुल खराब कुछ देर चलने के बाद श्रगुन निचे बैठ कर रोने लगी , निर्मता पीछे देखती है , और भागकर श्रगुन के पास आई पास बैठकर बोली –" श्रगुन क्या हो गया ,,

श्रगुन निर्मता के गले लगकर रोने लगी

निर्मता –“ श्रगुन बतायो तो हुआ क्या . काम पर किसी नें बतमीजी की ,,

श्रगुन रोटी हुई –“ दीदी मुझे नहीं रहना यहाँ , मेरा यहाँ दंम घुटता है , मुझे ऐसे लगता जैसे हंम कोई जेल काट रहे हैं ,,

निर्मता –“क्या करें एक महिना हो गया कोई काम भी तो नहीं मिल रहा , ना कोई फिल्म में काम मिला . इसके सीवा हंम रात गुजारे कहाँ ,,

श्रगुन –“ मैं थक जाती हूँ एक महीने से मेरी तो नींद भी पूरी नहीं हुई , इतने दिन आपको इस लिए नहीं बताया , की आपको तंग ना करूं ,,

निर्मता –“क्या करूं अब तो पैसे भी खत्म हो गए हैं ,,

श्रगुन –“ मुझे नहीं पता मुझे यहाँ नहीं रहना ,,

निर्मता प्यार से श्रगुन की आंखे पोंछ कर –“ चलो फिर खड़ी हो जायो , कोई और जगह देखते है ,,

श्रगुन मुस्कुराई और धीरे से खड़ी हो गई दोनों वापस फोजी के पास गई , फोजी देखकर बोला –“ क्या हुआ ,,

निर्मता –“ हंम कही जा रहे हैं , क्या पता शांम को आ भी जाये ,हमें बैग दो ,,

फोजी –“ ले ज्यों बैग ,,

फोजी खड़ा होकर उनके बर्ग देता है , दोनों वहाँ से निकल गई श्रगुन बहुत खुश है की आज जेल से आजाद हो गई

इधर आकाश घर सुबह का वक्त है , सभी बैठे हैं , आकाश किताब पढकर सुनाता है

दीपिका –“ क्या बात है अब तुम पढने लगे हो ,

अमर –“ टीचर अच्छी हो तुंम ,,

दीपिका –“ आकाश अब मुझे फ़ीस तो दो ,,

आकाश –“ कितनी चाहिए ,,

दीपिका –“ फ़ीस दे नहीं पाओगे ,,

आकाश –“ बतायो तो कितने पैसे ,,

दीपिका –“अपनों से पैसे की फीस थोड़ी लेते हैं ,,

अमर –“ जो मांगोगी वाही मिलेगा , अब मुझे बाड़ा खोलना है , जब दिल करे तभी बता देना ,,

आकाश चला गया दीपिका देख रही है , रानी झाड़ू लगा रही है

अमर रानी को बोला –" रानी मुझे जाना है ,,

रानी –" तो मैं क्या करूं ,,

अमर –" रोटी बना दो , नहीं तो वापस आना पड़ेगा ,,

दीपिका –" जीजू आप जायो मैं बाइक पे आ जाऊंगी ,,

अमर –" तुम बाइक चला लेती हो ,,

दीपिका –" क्यों मेरे हाथ नहीं हैं ,,

अमर –" पर हमारे तो कई लड़के नहीं जानते ,,

दीपिका –" चला कर बताऊँ क्या ,,

अमर –" नहीं – नहीं , ठीक है मुझे सहारा मिलेगा , मैं जा रहा हूँ , आ जाना ,,

दीपिका –" लड़कियां क्या नहीं कर सकती ,,

इधर निर्मता और श्रगुन जिम सेंटर के आगे बैठी है , निर्मता एक बोतल से पानी पी रही है , श्रगुन अपना मोबाईल देख रही है

श्रगुन अचानक बोली –" दीदी मेल आया है

निर्मता –" किसका ,,

श्रगुन –" कास्टिंग डायरेक्टर का ,,

दोनों एक दुसरे की तरफ देखती है , और बिना कुछ जाने ही रोड पर भागती है , फिर एक दुसरे की तरफ देखकर रुक गई

निर्मता श्रगुन इक्कठा बोली –" पर हमे जाना कहाँ है ,,

श्रगुन –" पता देखना तो मैं भूल गई ,,

निर्मता –" जल्दी देखो ,,

श्रगुन पता देख कर –" चलो टेक्सी पकड़ो ,,

दोनों टेक्सी रोक कर बैठ गई और चली गई

आगे बबिता के ऑफिस के सामने , मुंबई दोनों ऑफिस के सामने उतर गई , और निर्मता बैनर की तरफ देखती है , और दोनों ऑफिस कमी तरफ चल पड़ी , गेट के पास गई गेट मैंन ने रोक लिया , दोनों रुक गई

निर्मता –" हमें बुलाया है ,,

गेट मैंन –“ पता है , पर एक बार अंदर डायरेक्टर साहब बीजी है , आप बैठ जायो ,,

निर्मता वहीं निचे गेट के आगे ही बैठ गई

गेट मैंन –“ यहाँ नहीं , अंदर जाकर बैठ जायो , आवाज आते ही चले जाना ,,

दोनों अंदर गई , दोनों रेस्ट रूम में बैठ गई , सामने एक दरवाजा है जहाँ बबिता जी बैठती हैं

श्रगुन बोली –“ आज कोई रोल मिल जाये ,कहीं रिजेक्ट ना कर दें ,,

निर्मता –“ पहले क्या हुआ नहीं ,,

श्रगुन –“ इस बार जैसा कहें वैसा कर देना ,,

निर्मता –“ मेरे हिसाब का कुछ बोले तो ना , बोलते हैं , मस्तानी चाल चलो , किस करो , मुस्कुरायो ,,

श्रगुन –“ तो मुस्कुराया करो ,,

निर्मता –“ मुझसे नहीं होगा ,,

श्रगुन –“ नहीं दीदी ,आज तो कमाल करके दिखा देना , अगर कहें पपी कैसे लेते हैं तो साले को उसी वक्त लेकर बता देना ,,

निर्मता –“ हीरो बनकर पैसा कमाना भी बहुत मुश्किल है खुद को मारकर एक पुतले को पैदा करना पड़ता है , जिसे सिर्फ दुनियां देख सकती है वो दुनियां नहीं देख सकता ,,

श्रगुन –“ तुमने क्या आसान समझा था ,,

निर्मता –“ मुझे भी मुश्किल को आसान करना अच्छा लगता है ,,

इतने में अंदर से आवाज आई , दो लडकियाँ गेट से बाहर आई और निर्मता अंदर चली गई , निर्मता अंदर देखती , दो लडकियाँ बैठी है , बबिता , गुंजन , निर्मता उन्हें देखकर सोचती है –“ ये तो सही – सही बात करेंगी , लड़कियां है

बबिता –“ आयो निर्मता ,,

निर्मता –“ आपने मेल किया था ,,

गुंजन –“ आपके साथ जो आई वो अंदर क्यों नहीं आई ,,

निर्मता –“ बुलाऊं ऊसको ,,

बबिता –“ कोई बात नही , उसे बाद में बुला लेंगे , पहले आपको काम देना चाहते हैं , अगर आप लायक हुई तो ,,

निर्मता दोनों की तरफ देखती है

बबिता –“ हमें कोमेडी और रोमांस के लिए लडकी चाहिए ,,

निर्मता –“ जी मैं त्यार हूँ ,आप काम बोलीए ,,

गुंजन –“ आपको कोमेडी करनी आती है , लोगों को हसाना ,,

निर्मता –“ ये तो मुश्किल है ,,

बबिता –“ अरे क्या मुश्किल है , फिर आपको काम कैसे मिलेगा ,,

गुंजन –“ आपको पानी में कूदना है , और विलन , आपके साथ जबर्दस्ती करेगा ,,

निर्मता मजबूरी में हाँ कर देती है –“ हाँ ये मैं करूंगी ,,

गुंजन –“ इतने से काम नहीं चलेगा , आपको वो किस भी करेगा , कैसे किस करोगी ,,

निर्मता –“ मैडम करीब आइए ,,

गुंजन पास गई , निर्मता नें बे खोफ गुंजन की गाल पर दांत से काट दिया ,गुंजन ने चीख मार दी

गुंजन गुस्से में –“ पागल ऐसे किस करते हैं ,,

बबिता गुस्से में –“ गेट आउट ... पता नहीं कहाँ – कहाँ से आ जाते है ,,

गुंजन गेट मैं को आवाज लगाती है –“ मोहन ....,

गेट मैं अंदर आ गया , शोर सुनकर श्रगुन भी अंदर आ गई

बबिता गेट मैं को –“ इस पागल को बाहर निकाल दो ,,

निर्मता गेट मैं की तरफ शेर की तरह देखती है और बोली –“ ओ घोछु हाथ मत लगाना , एक पैड गई तो ,औरत को देखना बंद क्र देगा , पत्नी को भी तलाक दे देगा ,,

निर्मता बबिता की तरफ देख कर –“ नहीं करना मुझे ऐसा काम , मैं खुद ही जा रही हूँ ,,

गुंजन अपमी गाल पर हाथ रखकर निर्मता की तरफ देख रही है , निर्मता शेर की तरह घूरती हुई चली गई , श्रगुन भी पीछे गई

दोनों बाहर निकली निर्मता रोड़ पर चल रही है श्रगुन भी पीछे ही है

श्रगुन बोली –“ दीदी हुआ क्या ..,,

निर्मता का चेहरा गुस्से से लाल , चल रही है

श्रगुन –“ रिजेक्ट कर दिया क्या ,,

निर्मता पीछे देखकर –“ नहीं , मैंने रिजेक्ट कर दिया ,,

निर्मता फिर चल पड़ी

श्रगुन –“ क्या बोल रही हो दीदी , आपने कैसे रिजेक्ट कर दिया ,,

निर्मता –“ बोल दिया ना मुझे नहीं करना काम ,,

श्रगुन –“ कुछ तो बतायो उन्हों नें बोला क्या ,,

निर्मता गुस्से में इतना तेज चल रही है , श्रगुन , निर्मता के पीछे भाग – भाग के करीब जाती है ,,

निर्मता –“ मुझे ये काम नहीं करना कोई और काम करके अमीर बनूंगी ,,

श्रगुन –“ चलो वो तुम्हारी मर्जी , पर एक बार रुक कर ये तो सोचो हंम जा कहाँ रहे हैं ,,

निर्मता रुक गई और श्रगुन की तरफ देखकर बोली –“ मरने ही जा रहे हैं ,श्रगुन बैग से पानी की बोतल निकाल कर –“ दीदी आप पानी पीयो , गुस्से में हो , पहले दिमाग ठंडा करो ,,

निर्मता बोतल पकडती है और दोनों रोड़ के कीनारे बैठ गई , निर्मता मुंह पर पानी के छींटे मारती है और कुछ पानी पी लिया

निर्मता धीरे से बोली –“ आज मार देती उसे ,,

मेरी बुक पढने के लिए आपका धन्यवाद

आगे की कहानी के लिए आपको इन्तजार करना पड़ेगा , अगर आप मुझे कुछ बुक के बारे में बताना चाहते हों , तो गूगल में सर्च करो mandeep singh script king , आपको मेरे बारे में पूरा पता मिल जायेगा

,

1

www.ingramcontent.com/pod-product-compliance
Lightning Source LLC
Chambersburg PA
CBHW031509150726
47990CB00007B/2937